異界《ダンジョン》へ――。

〈メリル〉
〈ファウスト〉
〈ペイルーズ〉

〈翁〉
〈ロッズ〉
〈リージィ〉

「これじゃ、
歩く汚物扱いだな」
「おかえりなさい。
アンデッド階層から無事に
戻られたのですね」

濁る瞳で何を願う

ハイセルク戦記

IV

トルトネン
Ill. 創-taro

CONTENTS

[design] AFTERGLOW

《ハイセルク周辺地図》

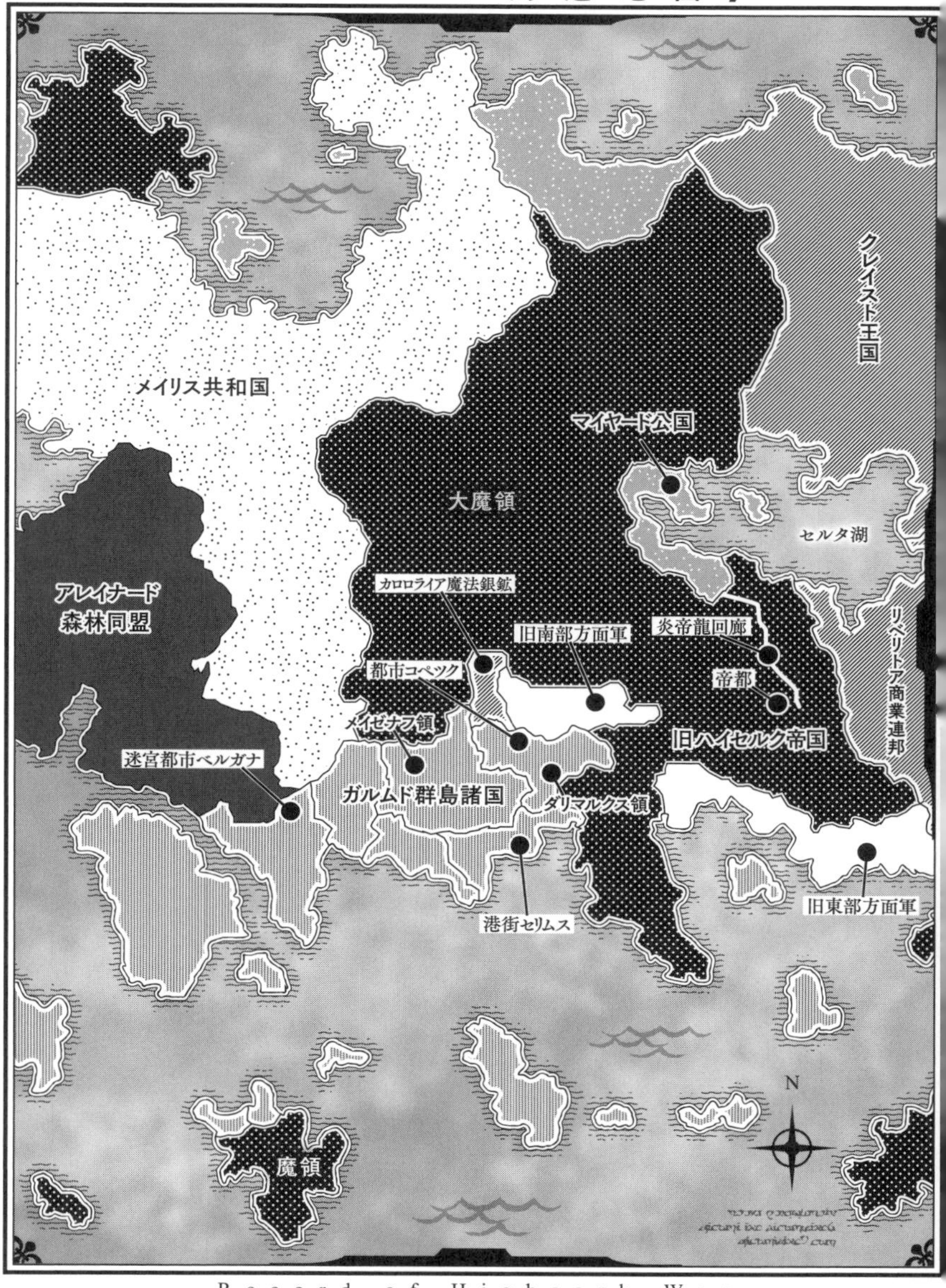

Record of Highserk War

◆第一章　迷宮都市ベルガナ

煌《きら》めく太陽は天頂へと差し掛かり、ぎらぎらと陽射《ひざ》しが増していく。影は降り注ぐ陽光から逃げ惑い、行き交う通行人にはじとりと汗が滲《にじ》む。溶けた蠟《ろう》のような光沢を肌に帯びる人々の中で、その男だけは何処《どこ》か涼し気であった。

「この半長靴も、そろそろ寿命だな」

野宿と日に数度の小休止を除けば、男は歩き詰めて数日となる。

連日の酷使で靴底は磨《す》り減《へ》っていたが、その足取りは鈍ることなく実に軽やか。歩くことは本業の一つであった。勤めていた組織は転勤が多く、命じられれば何処にでも歩いて向かった。切り立った城壁、敵が待ち受ける小高い丘、天然の要害だろうが関係はない。決定が下されればあらゆる障害を撥《は》ね除《の》け、目標へと到達してきたのだ。小奇麗な街道など庭同然であった。

仕事着は過酷な労働ですっかりくたびれていたが、手入れと補修によりまだまだ現役。幾多の傷が刻まれた手甲や胸当ては身体《からだ》によく馴染《なじ》んでいる。腰に吊《つ》り下《さ》げた剣は頼もしい重さで、帯剣していない方が寧《むし》ろ不自然であった。肩に担ぐ斧槍《ふそう》に至っては手足の延長にすら思える。

そんなハイセルク帝国の元軽装歩兵であるウォルムは少しばかり上機嫌であった。何しろ完全武装の格好は目立つ。善良で無害と言い張るには少々物騒な出《い》で立《た》ちなのだ。

これまで散々擦れ違う人々に警戒されてきた。

時には道幅いっぱいを小走りで走り抜けられ、またある時には武器に手をかけられる始末。ところがここ数日はどうだ。誰もが最低限の注意しか払おうとしない。それも武装した敵対的人物としてではなく、一歩行者としてだ。平時に暴力を生業《なりわい》とする者が集う、此処《ここ》はそんな特異な場所であった。

「迷宮都市ベルガナ、か」

大陸でも有数の大迷宮を内包する同都市は産出される地下資源、遺物によって繁栄を約束された地であった。尤《もっと》も繁栄という光が射せば、必ず衰退という影が付《つ》き纏《まと》う。それが国家の興亡を左右する要地であれば尚更《なおさら》であろう。流れた血が乾く暇もなく支配者は移り変わり、血《ち》腥《なまぐさ》い闘争は続くものだ。

リベリトア商業連邦との国境戦を皮切りにウォルムは兵科、地形、国家すらも異なる相手と殺し合い数多《あまた》の戦場を渡り歩いた。そんな死線で重ねた経験が、このベルガナ周辺で過去に勃発したであろう衝突を読み取らせる。

「上物に対して基礎が極端に大きい……元々あった砦《とりで》は破却されたか」

軍事という外交の一環で国境が動けば、時に無用な防御施設も生じる。支配地域に組み込んだ街道に過剰な関所や砦を残せば、交通を妨げるボトルネックと成り果てる。制限された流量は、それだけ人や物を滞らせてしまう。

資源という観点から見ても放置できるものではない。砦規模ともなれば、膨大な資機材が注ぎ込《つこ》まれているのだ。それら資源を流用したいと思うのは、人の性《さが》であろう。悪いことではない。砦を破却した石材はウォルムの足元を支える街道へと転用されている。建材不足のダンデューグ防衛戦では墓石すら防壁代わりとしたのだ。それと比べれば実に平和的と言えた。

形式の異なる無数の陣地跡や防御施設は、ベルガナ地域の支配者が時代時代で移り変わっていった証拠であり、血腥い歴史書であった。

「まだ郊外だぞ。都市にすら入っていないというのに」

荷を背負う行商人、作物を運搬する農民、武装した冒険者が延々と列を成す。彼らは行き交う荷馬車や手押し車に隙間を見つけては器用に縫って歩く。

人や物の往来は、豊かな経済が根付いている証拠。迷宮という名の資源の一大生産地は、裏返せば大消費地でもある。一発逆転、成り上がりを夢見る者にとっては、富や名声を得る格好の舞台なのだ。その一方で、迷宮で力尽き果て、肉体どころかその魂すらも飲まれてしまう者は後を絶たない。知った風に都市への考えを巡らすウォルムであったが、所詮は受け売り。船旅で得た借り物の知識であった。

過ぎ行く風景の中で警邏《けいら》の兵が増えていく。治安維持と誘導役を兼ねた彼らは、統一された装備を身に纏《まと》って通行者に目を光らせていた。これが帝国兵ならば各所に私物が混じり、支給された防具も工房や生産時期による質のチグハグさが目立つものだ。

警邏兵という牧羊犬に導かれ、人流は整然と進んでいく。水面に浮かぶ木の葉のように淡々と流れに従うウォルムであったが、雑踏が不意に乱れた。堰《せき》となったのは一匹の輓獣《ばんじゅう》である。滞る交通に、兵士が怒気交じりで駆け付ける。

「通行路の真っ只中《ただなか》で牛を止めるな。ここは農村のあぜ道ではないんだぞ。さっさと端に寄せろ」

「申し訳ない。麻縄が切れてしまい……直《す》ぐに退けますので」

平謝りする農夫は懸命に縄を縛り直そうとするが、積み荷に押されなかなか固定が進まない。無理もないだろう。周囲からは迷惑そうに煙たがれ、警邏兵は無言を以《も》って急《せ》かしているのだ。若者であれば力任せにどうにか括《くく》り付《つ》けるだろうが、縄を持つ男の髪は老化を裏付けるような白髪で薄くなり、筋骨も極端に萎《しぼ》んでいた。

「手伝おう」

見兼ねたウォルムは誰に言われるのでもなく、申し出た。

「おお、かたじけない。それでは。少しばかり荷車を押さえてくれますかな」

戸惑いを浮かべた老人であったが、現状からの脱出を優先させた。

布が被《かぶ》さり保護された荷台には木箱や樽《たる》が犇《ひし》めく。年配の細腕には文字通り荷が重い。ウォルムは荷崩れ寸前の木箱や樽を整え押し戻していく。余裕を取り戻した老人は、手早く麻縄を縛り、手綱を手繰り輓獣を道の端へと寄せた。

「いやぁ、助か、った。これしきの荷を押し戻せぬとは、本当に情けない」

息が切れた老人は、途切れ途切れの礼を述べる。

「構わないさ。歩き飽きたところで、良《い》い運動になった」

「見たところ、遠くから来られたようだ。小腹は空いておらぬか。食べ切れなかったチーズがある」

謝礼代わりといったところだろう。貸し借りを清算させて欲しい老人の願いが透けて見える。

「いいのか。遠慮はしないぞ」

ウォルムは傭兵《ようへい》らしい忌憚《きたん》の無《な》さで、差し出された淡黄色の塊を宝物のように抱え込む。拳大のチーズを短刀で削り、もちゃもちゃと頬張っていく。水分が抜け、硬く塩気が強いが、歩き詰めた身体には寧ろ心地良い。

傭兵を餌付けした老農夫は、再び荷崩れが起きないように、念入りに荷台の点検を始めた。麻縄を強く引き、緩みが無いか各所を確認する。その度に麻縄が擦れ、乾いた音が響く。老人は嘆き交じりで語り始めた。

「昔は村から迷宮都市まで食糧を運搬しておった。久々に荷役を申し出たら、この有様《ありさま》。老いには勝てんのう」

外見からは年齢は図り切れないが、少なく見積もっても卒寿に達するように見える。普通ならば村で隠居生活を過ごしていい年齢である。それがどうして輓獣と共に働いているのか。ウォルムは疑問を言葉にした。

「若い衆はどうしたんだ」

「居るには居るのだ。だが、無理を言って代わって貰《もら》った」

「それはまた……旅でもしたくなったのか」

「はは、まさか。こんな歳《とし》でそんな無茶はできぬ。ただ、孫が気になっての」

寂しさと諦めが混ざった声色であった。

「村から迷宮都市に？」

「そうじゃ。一人の青年が迷宮に挑むと村を出おったとき、孫を含めた利かん坊三人まで飛び出しおった。わしを含めて、年寄り達《たち》が昔話をし過ぎた。迷宮が齎《もたら》す富は若者には眩《まぶ》し過《す》ぎる」

「……噂《うわさ》は耳にしているが」

ウォルムとて迷宮から産出する資源、その中でも至宝とされる真紅草を求め、この地を訪れたのだ。若気の至りと一蹴するのは難しい。

「統一戦争で群島諸国がベルガナを手中に収めて以来、村は豊かになりおった。ただ、その陰では多くの命が迷宮に吸われておる。青年と違い孫達三人は未熟なところが多い。説得こそしたが、焚《た》き付《つ》けてしまった手前、止めきれずのう」

この老人が迷宮都市を訪れた理由をウォルムは察した。

「呼び戻しに来た。いや、様子を見に来たのか」

「恥ずかしながらそうじゃ。利かん坊達とは喧嘩別《けんかわか》れに近い。荷を降ろすという口実で、年長である青年から近状を聞こうと思っての。迷宮都市の安宿や商店はわしが教えた。聞いて回れば直ぐに見つかるはず」

半端で下手な説得は反発を生む。まずは年長者を通じて情報を探るというのは理にかなっていた。

「随分と過保護だ」

皮肉ではない。羨望を込めてウォルムは笑い掛けた。

「孫があなたのように賢明であれば、家で隠居もできたのだが」

「世辞はよしてくれ。賢明な人間なら、こんな稼業はしていないさ」

ウォルムは肩に掛けた斧槍をくるりと回した。

「それならば、職に貴賤《きせん》なしとも言いましょう」

一本取られたウォルムは素直に降参した。随分と良い歳の取り方をしている。偉大なる人生の先輩に一つ教えを乞うことにした。

「少しばかり尋ねてもいいか」

「答えられるものなら何でも良いぞ」

傭兵の真剣な物言いに老人の笑みは引っ込み、表情は引き締まる。

「実はベルガナに来るのは初めてなんだ。右も左も分からない」

一瞬の沈黙の末、老若の神妙な顔付きは一転して緩んだ。

「年寄りに物事を聞くと長くなりますぞ」

「大歓迎だ」

傭兵と老人は、駄馬を連れ話し込んでいく。生き字引とは、この年寄りの為《ため》にある言葉だった。

「はぁ!?　常備兵をそんなに抱え込んでいるのか」

「ボルジア侯爵様は大陸側の大領主、本島の連中ですら無視できぬ御方じゃ」

ベルガナをガルムド群島諸国でも大陸側最大の貴族、ボルジア侯爵家が治めているのはウォルムとて知っていた。だが、即応可能な常備兵は都市だけでも数千。更には国境に張り付いた者も含めれば、数万に達する兵を抱え込んでいるという。

北部の小国が真似《まね》をすれば、合理的とは縁遠い徴兵、途切れがちな兵站《へいたん》に四苦八苦したのち動員計画は破綻する。仮に集めたとしても長期間の作戦行動は碌《ろく》に執れない。短期思考の決戦に失敗すれば、不相応に肥大化した軍隊という組織は末端から自壊していく。

挙げ句、望まぬ形で戦闘が終結すれば、現地での解散に失敗した兵隊は容易《たやす》く野盗に転じてしまう。崩れた軍ではすっかり見慣れた光景である。故に、北部基準の物差しで測ればあまりにも過剰な兵力なのだ。

「養えているのは立派なのだろうが、戦争でもしている規模じゃないか」

「戦闘をしていないだけ、睨《にら》み合《あ》いの戦争じゃな。ボルジア侯爵領はメイリス共和国、アレイナード森林同盟と領地が直《じか》に接する危険地帯。小競り合いでも数千の兵が睨み合い、本格的な衝突が始まれば十数万の兵が動員されておる。村の最長老の話では、前の大戦も同じだったそうじゃ」

龍すら殺してみせた三大国が全面戦争となれば、この地に赤き大海が広がるのは想像に難くない。何とも皮肉ではあるが、暴力装置の不足は却《かえ》って争いを生む。机上では固く手を結び、机の下では棍棒《こんぼう》を握る。そのぐらいの腹芸が祖国にもできていれば、ウォルムも戦場で過剰労働に勤《いそ》しむことはなかっただろう。自転車操業の帝国と違って三大国は豊か。比べるのも烏滸《おこ》がましい。

「ほれ、見えてきたぞ」

「ここが迷宮都市なのか」

「まだ外縁じゃ。ベルガナは大迷宮を中心に城壁が張り巡らされておる。発展に合わせて城壁や施設が継ぎ足されおったわい。また大きくなったのう」

城壁都市にはよくあることだ。人々が暮らす家々もまた、人口の増大に合わせて広がりを見せ、城壁の外にまで家屋が建てられていく。城壁内よりも壁外の方が建物の数が多い、という逆転現象は起きがちだった。

道の端では同類であろうおのぼりさんが、人の波に飲まれて彷徨《さまよ》い酔う。宛《さなが》ら呆《ほう》け溺れているようであった。勝手に親近感が湧く傭兵であったが、彼らと自分には明確な差がある。ウォルムはかつての世界で、時に乗車率百八十パーセントの荒波を越えてきた。そんな元企業戦士には、この程度の人などさざなみに等しい。

「座席を巡る競争、吊《つ》り革《かわ》の攻防戦、よく新社会人が電車で顔を青くしてたっけなぁ」

一時の連れ合いに聞こえぬように、ウォルムは懐かしむ。

慣れぬ空間、鎧《よろい》であり拘束具でもあるスーツに締め付けられれば参りもする。そうやって過酷な環境に揉《も》まれ、時に善意、時に悪意に触れて企業戦士になっていく。くだらぬ感傷であったが、自虐を楽しむ余裕は精神的に良い兆候なのだろう。少なくとも意識が混濁するまで酒精を浴びる日々よりは、健全に違いない。

人の波と老人に身を委ねて辿《たど》り着《つ》いた先は城門であった。

堀こそないが左右に二つの門塔、外門と内門を有する作り。投石や弓用の狭間《はざま》が設置され、城壁通路上にも兵の姿がちらつく。城壁は高さだけでなく厚さもある。攻撃魔法の直射にも耐え得る抵抗性を示すだろう。

「おお、怖い目付きじゃ」

「……悪いな。職業病みたいなものだ。勘弁してくれ」

老人に指摘されたウォルムは、苦笑いを浮かべた。

無意識に複数の要素を吟味しながら、防御施設の評価を始めてしまっていたのだ。今のウォルムは単なる敗残兵に過ぎない。いや、既に兵士ですらないのだ。それが目測による城壁の高さの確認、死角の有無、足掛かりとするなら何処から仕寄せるか。攻め手視点で考え込んでしまっている。まるでこれでは偵察や密偵の類いではないか。

頭を小さく振り、意識を切り替えた傭兵は、ただの通行人へと戻った。

十人ほどの兵士が人々を呼び止めている。遠巻きに窺《うかが》い、何が行われているかを掴《つか》む。城壁内に入る為の通行税を徴収しているのだ。例外として何も渡さずとも通行を許可された者がいたが、一様に侯爵家の印が刻まれた何かを携える。

「城門を関所代わりに使っているのか」

「通行税を嫌う者が多くてのう。そう身構えんでよい」

まるで孫を諭すように老人は微笑《ほほえ》む。

「手本でも見せてくれるのか」

「わしは交通手形を持っておる。手本には成れん」

老人は自慢するように懐から金属製の手形を取り出した。

「俺もそれが欲しかった」

「村に住み、荷役をすれば手に入るぞ?」

「そんな安請け合いをしていいのか。怖い傭兵が悪さをするかもしれない」

「哀れな年寄りを手助けする怖い傭兵なら歓迎じゃ」

年嵩《としかさ》の知恵者相手に口論は分が悪い。ウォルムは大人しく交通政策を享受することにした。関所を兼ねた城門の列に交ざり込む。列は危惧したほどには長くない。たとえ待機する人物が幼少であったとしても、退屈しのぎに地面を足先でほじり、雲でも数えていれば終わる短さ。

直ぐに老人の番となった。外間《がいかん》、それも一見《いちげん》さんとは社会的信用が違う。手形を見せ、ちらりと荷台を覗《のぞ》かれただけで、都市へと入場していく。

「次、さっさと来い」

門兵の呼び声には辟易《へきえき》とした疲労の色が混じる。行列にうんざりしているのはお互い様であったのだ。素直に従ったウォルムは彼らの眼前へと立つ。

探るような視線が門番から注がれる。かつての世界に於《お》ける空港の入国検査のようなもの。パスポートや保安検査目的の金属探知機、X線検査装置がある訳でもない。仮に出てきたら心底驚くであろうが、小煩《こうるさ》い鬼の面、血肉を啜《すす》ってきた手以外はやましいものはなかった。

「訪れた目的は」

「迷宮都市だからな。迷宮に潜りに来た」

普段通りの佇《たたず》まい。淀《よど》みなく目的を告げるが、門兵からの質問は尚《なお》も続く。

「ギルドのタグは付けていないようだが」

「冒険者じゃなく傭兵でね」

「何処から来た？」

大変不名誉な話ではあるが、頗《すこぶ》る怪しまれているらしい。濡《ぬ》れ衣《ぎぬ》である故に、当事者のウォルムは堂々と答える。

「ダリマルクス領からだ」

「ああ、ダリマルクスか。この前、衝突があったな」

「戦が短期間で終わったから、食《く》い扶持《ぶち》に困って流れてきた奴《やつ》じゃないか」

節操無しめと言わんばかりに、門兵達はウォルムの正体に関して意見を交えていた。流血と悪意が好物な鬼の面のように、所構わず震えるような節操無しではない。自称するには少しばかり心疚《やま》しいが、ウォルムは堅実な人間である。

「よくいる傭兵上がりの輩《やから》だな。通していいだろう」

「小銀貨一枚だ。悪銭は受け付けない」

「通るだけでエールが何杯も飲める」

世知辛い世の中にウォルムが嘆くと、門兵から手痛い反撃があった。

「煩い奴だ。下着や手持ちの食糧まで調べ尽くして、通行税を加算してやろうか」

「構わないが、埃《ほこり》と汚れしか出ないぞ」

芝居掛かった動作でウォルムは両手を広げた。兵士は煩《わずら》わしそうに一瞥《いちべつ》。受け取った小銀貨を肉眼で確認すると、天秤《てんびん》で量りに掛けてから小袋に仕舞い込む。

「さっさといけ。通行の邪魔になる」

「次の奴、そこに来い」

守兵から気の利いた返答もなく、すげなく追い払われた。

「思ったよりも、悪戯《いたずら》好きなんじゃなぁ」

検分を見守っていた老人は、出し物の感想でも述べるように言った。

「普段通りにしろと言ったのはあんたじゃないか」

憤慨したウォルムは拗《す》ねたように言った。

「それもそうじゃ。元気があって何より」

老人はからからと笑った。元気なのはどちらだと苦笑する。随分と楽しませて貰った。名残惜しいが、旅の目的は人との出会いや交流ではない。ウォルムは別れを切り出した。

「助けたつもりが、色々助けられた」

「よいよい、話し相手が欲しかったところじゃ。そこの通りを進んで行けば、道中に話した武具店がある。左手側じゃ。わしが知る頃の主人とは代替わりこそしておるが、出来の良い息子さんじゃ。無下には扱われまい」

「ありがとう。お孫さんの武運長久とあんたの長生きを祈ってる」

「そっちものう。望む物が何か知らんが、手に入るとよいな」

名も知らぬ老人と別れたウォルムは教えられた道順を辿《たど》っていく。どれほど歩いたか。目的とする質素な看板が左手側に現れた。駆け出しから中堅どころの冒険者が利用する店らしい。

「ここが、ロッズ武具店か」

扉を押し店内に踏み込む。打ち付けられていた真鍮《しんちゅう》製のドアベルが店内に響き、入店者の存在を知らしめた。剣や槍は当然として打撃武器も豊富に揃《そろ》う。防具も革製から金属製まで様々、戦場で見慣れない型式や古めかしい品物も見受けられる。迷宮からの産出物かもしれない。

四列に並んだ陳列棚の奥、幅広のL字カウンターの後ろに初老の男が座っていた。天板と仕切り板に隠れ胸元より下は見通せなかったが、明らかに痩軀《そうく》である。鼻掛け眼鏡の印象も合わさって、武具を扱う商人には見えない。

来店者に気付いた武具商は、軽快に書き込んでいた羽根ペンを止め、台帳をぱたりと閉じた。

「ご用件は」

鼻背で固定していた眼鏡をことりと木板に置き、ウォルムへと尋ねてくる。歳に見合った皺《しわ》こそ刻まれていたが、しっかりとした目力。天板の上で組まれた指の爪は短く摩耗していた。堂々とした振る舞いに、その道の貫禄《かんろく》を静かに漂わせる。

「武器を売りたい」

言葉を飾らず、目的を簡潔に告げた。

「斧槍ですか、それとも腰のロングソードで？」

肩に担がれた斧槍から視線を滑らせ、鞘《さや》越しに剣の査定を始めた武具商の言葉をウォルムは否定した。

「いや、違う。それなりの量があるが、ここに置いてもいいか」

「ええ」

怪訝《けげん》な表情を浮かべる武具商の眼前に、魔法袋から引き出した武器を並べていく。魔法袋は隠匿したい品であったが、大量の武器を街中で抱えていては、幾ら善良な人間であろうと警邏兵に呼び

止められてしまう。

「これは、これは」

次々と魔法袋から引き出される武器に武具商の目の色が変わった。魔法袋に対する野暮な質問はなく、淡々と作りや材質を確かめている。

「迷宮の品では、ありませんね」

槍頭《やりがしら》の幾つかは、柄と固定するリベットや釘《くぎ》打ち部が変形を起こしており、急いだウォルムが金属製の槍頭を避け、木製の柄を切り落としたものだ。

「戦場で集めたようですね、それも状態の良い物だけを」

「買い取れないか、もし戦場で漁《あさ》った物だとしたら」

「まさか。迷宮でも戦場でも、武器には違いありませんよ。何処で誰がなんて、私は興味がありません。質が全てです」

「そいつはいい心掛けだな。言葉通りならこっちを売ってもいい」

すっかり武具で埋まり掛けたカウンターの片隅に小袋を置く。

中には死体から収集した装飾品が詰まっている。傭兵達は、財産の全てを身に着けていなければ気が済まないらしく、貴金属をあらゆる形に変えて携帯していた。流石《さすが》のウォルムも手間は掛かるが、指や腕を落とさずに回収をした。死後まで彼らを辱《はずかし》める気はなく、ぞんざいに扱いアンデッド化されてもたちが悪い。見逃したのは回収時に死体を損壊してしまう金歯や義眼ぐらいであった。

「少しばかり、時間を頂きます」

武具商は置いた眼鏡を掛け直すと、カウンターの下からいそいそと天秤や測定器具を取り出し、鹵獲品《ろかくひん》と睨めっこを始めた。恐らくは貴金属の純度を測るのだろう。

量が量であり、品も品だ。野菜の投げ売りのようにはいかず、査定が終わるまでと、ウォルムは店内の物色を始める。真っ先に目を引かれたのは、魔物の骨を素材としたバトルアックスやメイスであった。表面処理が施され、タールのごとき黒色に染められている。ウォルムの知る限りでは、骨は加工して日用品に使われるが、そのまま武器に転用しても強度が持つとは考え難《にく》い。

解答を得ようにも武具商は、傭兵が急遽《きゅうきょ》持ち込んだ品の査定に勤しんでいる。店内に一人居た使用人は、冒険者と思《おぼ》しき集団の相手をしていた。誰かに教えを乞う訳にもいかない。

「どうしたものか」

表面塗料の正体に悩んでいたウォルムは、武器が陳列された棚の下段に瓶詰めされた液体を発見する。保全・修繕用と書かれたその脇に、ダークスライムと文字が続いていた。

「スライムの一種か」

スライムは目にしたことがある。雑食性で苔《こけ》や昆虫を捕食する流体生物だ。確かにウォルムの故郷でも煮たスライムと樹液、幾つかの薬品を混ぜ合わせたもので、水筒や水瓶《みずがめ》に防水処理を施していた。そうなると仕組みは不明だが、骨に対して保全や強度を高める作用を持つらしい。骨が使用されている品が打撃武器ばかりなのは、切れ味を阻害するか、加工が難しいか。

どれほどの耐久性を示すかは不明だが、値札に書かれた値段は金属製と比べればかなり安価である。持ち金が少ない庶民が一先《ひとま》ずの武器とするには、選択肢に上がるのだろう。店内に居る冒険者グループの一人も、黒色のメイスと言えなくもない物体を背負う。彼らの装備はどう贔屓目《ひいきめ》に見ても劣悪であり、農村部上がりのスクラップや駆け出しと呼ばれる類いのランクであった。

「ワイルドボアの革の防具に、骨のメイス、たまには金属が使いてぇよ」

「馬鹿言わないで。あんた何回も刃毀《はこぼ》れさせるんだから、骨で殴っとけばいいの。石じゃないだけいいじゃない」

「この前も槍を折ったからな。扱いが雑過ぎる」

「せめてホーングリズリーの角とかさ、加工した骨のメイスにしてくれよ。これ食肉用のオークの大腿骨《だいたいこつ》そのままだぜ。迷宮のゴブリンだってもう少し、まともな物を持ってる」

「こっち見んなよ。槍は貸さないぞ」

「俺の剣も駄目だ」

ウォルムは会話を盗み聞きしたことを後悔した。駆け出しと呼ばれる冒険者の懐事情は何とも寂しいらしい。恨めしそうに仲間の装備から目線を外した少年は、カウンターに積まれた武器の山を見て、ため息を吐き出す。

「はぁ、あるところにはあるのになぁ。俺は骨か」

結局少年は仲間に引き摺《ひず》られるように店内を後にした。何とも言えない後味の悪さに、ウォルムは顔を顰《しか》める。心境はどうであれ彼らとダークスライムの活躍により、武具商の査定が終わるまで時間を潰すことに成功した。提示された金額は妥当であり、ごねることなく同意する。小魔法銀貨《ミスリル》三枚、大金貨二枚、小金貨一枚を硬貨袋に仕舞い込む。

「大した金額なんだろうが、な」

北部の農民が慎《つつ》ましく生活すれば十数年、衣食住には困らない金額であったが、治療魔術師から買い受けた目薬の金額には達しない。わずかな金銭で装備を整える彼らに比べて、何と強欲であろう。それでもウォルムは何としても迷宮に潜らなければならない。腐りゆく眼《め》に対し、焦燥感を抱えて――。

◆

仕入れたばかりの商品の修繕に励んでいた武具商ロッズは、手入れ道具を机へと手放し、疲弊した精神を労《いたわ》る為に安楽椅子へ深く腰掛けた。

「ロッズさん、珍しくお疲れのようですけど、どうしたんです。あの客が何かしましたか」

「そんなことはない。使われている素材も良質な品ばかりだ。悪くない取引をさせて貰ったよ」

「その割には、気疲れしてるみたいですけど……しかし、あの傭兵、魔法袋まで持ってましたね。何処ぞの貴族から持ち逃げしたとか。あ、ロッズさん、まさか盗品扱いしてぼったんですか」

血腥い傭兵相手にぼったくれば気疲れもするに違いない。冗談めいた口調で使用人が手をぱんと叩《たた》く。ロッズはこめかみを押さえながら使用人の言葉を否定する。

「エリオット、君の接客は悪くない。愛想もいいし、客もよく見ている。だから雇い入れた。だが、その口の軽さは悪い癖だ。何時《いつ》か災いを招きかねない」

「すいません、つい」

普段であれば懇々と説教をするロッズであったが、目の前にある品々から伝わってきてしまった情報に、口も重くなる。

何せ多くの商品に猛火に包まれたであろう痕跡が滲む。剣に限って言っても、焼けた手袋や皮脂の焦げ付きが微《かす》かに付着していた。残る武器もそれなりに整備されていたが、長年武具の取り扱いをしてきたロッズの目は誤魔化せない。革製のグリップや柄を、薬品を付けた布で拭き取れば、やはり焦げた血痕と脂の残滓《ざんし》が浮かぶ。

戦場の焼け跡から収集したのであれば、少しは心も晴れよう。だがもしロッズの想像通りあの傭兵がそれを成したのだとしたら――上質な物品だけを選《え》りすぐっただけでこの数である。一体全体でどれだけの人間を焼き殺したというのか。

ロッズとて店を譲り受け四半世紀、血に濡《ぬ》れた戦後の武器や遺品を幾つも扱ってきた。一介の傭兵に恐怖を感じるなど矜持《きょうじ》が許さない。それでも、だからこそ、武具商として培ってきた経験が傭兵の異常性を嫌でも感じ取ってしまう。

「ふぅっ……あの子達は何か買っていきましたか？」

世の中には知らない方がいいこともある。何時までも引き摺る訳にもいかない。ロッズは気分転換を兼ねて使用人に尋ねた。

「薄い革製のグローブを買っていきました。しかし、オークの骨で迷宮に潜るなんて、若い冒険者達は恐れ知らずと言うか。本当によくやりますよ」

エリオットの声には、呆《あき》れと羨望が交じり合う。

無理もない。この都市に住まう者であれば、誰しも一度は迷宮に挑もうかと真剣に悩むものであった。かく言う若き頃のロッズも例外ではなかった。悪ガキ仲間と意気揚々と迷宮に繰り出し、上層で現実を分からされた。払った対価が肋骨《ろっこつ》数本なだけ安上がりであっただろう。中途半端に腕っぷしの強い奴ほど、地上に戻らないものだった。

「無理が祟《たた》って死ぬ者は多い。だがそんな人間の中から外の兵士すらも羨む武器、フルオーダーの防具を即決で買う者が現れます。そこにある黒い骨入れは、先行投資ですよ。冒険者というのは初めて武器を手にした店で、また物を買います」

ロッズが殆《ほとん》ど利益無しでダークスライム塗りの骨製武器を売るのは、そう言った理由があった。

彼らは上客のみならず、優秀な仕入れ先にさえ成り得る。

「まさか、あの三魔撃も？」

「信じ難いですが、そこの骨を一つ買って迷宮に飛び込みました。その後は語るまでもないでしょう。まさに別格。あの若さで、迷宮の制覇者に手が届きかけている。願わくば、届き得るといいですが」

迷宮を制覇せし者。それはロッズのみならずベルガナの住人にとって特別な意味を持つ。武と富の象徴であり、三大国の中でもその名声を侮る者など居ない。忌々しいことに、ここ数十年は迷宮都市出身者から制覇者は誕生していない。

直近の制覇者と言えば、群島諸国の首都である本島出身者、亜神の血筋を引くと宣《のたま》うメイリス共和国の木偶《でく》の坊《ぼう》、アレイナード森林同盟の耳長《みみなが》、ギルド本部直下の冒険者だけであった。ボルジア侯爵は新しき制覇者を何としても迷宮都市の市民から生み出す為に、心血を注いでいる。

「やっぱ俺らとはモノが違いますね。しかし、制覇者の御用達《ごようたし》、最高の響きですね」

「ははっ……まあ、そうだね。悪い響きではないよ。それよりも、娼館《しょうかん》通いも程々にしなさい。香水の匂いが染み付いてますよ」

甘ったるい香りは鼻を狂わせる。商品を扱う身のロッズとしては、好まざる匂いであった。

「うっ、そんなに匂いますか、気をつけます」

エリオットは慌てて袖に鼻を当て、衣服に染み付いた匂いを嗅ぐ。その素直さと無邪気さを武具商は持ち合わせていない。手の掛かる見習いとは言え、若気の至りを正してやるのは嫌いではなかった。

◆

大通りを探り歩くウォルムは、街並みの変化に気付く。小さな差異の積み重ねではあったが、迷宮都市の中心部に近づくにつれ家屋の持つ格式が高まっていた。

外壁一つを例に挙げれば、外縁部では不揃《ふぞろ》いに切り出された石材が無造作に積まれていた。それが内縁部では石材の切り方一つにも規則性が見られ、仕上げに漆喰《しっくい》やモルタルの処理が施される。建物は住居ばかりではない。武具屋、飲食店、宿屋の他、娯楽施設である劇場や浴場まで詰め込まれ、あらゆる商店が立ち並ぶ。

「なんとまぁ、随分と変わった都市だ」

風変わりなのは建物だけではなかった。出入りする人間も様々な容貌を見せる。冒険者に限っても上は騎士にも劣らぬフルオーダーの装備から、下は日用品や農具で代用するという具合である。ウォルムが北部諸国で出会ってきた冒険者達とは、あまりにも姿がかけ離れていた。

「装備で優劣全てが決まる訳ではないが……」

郷土愛、愛国心の末に国家間の戦争に飛び込み、敗戦後は己の矜持や命を捨ててでも、故郷の住民を守ろうとした冒険者がウォルムの心に強く残っている。最初こそ道は異なり殺し合いに興じた連中であったが、その生き様は眩しく、不本意とは言え尊重すべき部分すらあった。

それが擦れ違う冒険者達はどうだ。駆け出し冒険者の見た目は理解できる。寂しい財布を逆さまに振って迷宮に挑んでいるのだろう。だが中堅以上の冒険者の多くは赤や黄の装飾を施し、眼が痛むような見た目をしていた。

実用性は兼ねてはいるのだろうが、派手で飾り気のある装備は迷宮で必須だというのか。その身にはきつめの香水まで振《ふ》り撒《ま》いている。

「……時には見た目や見栄《みえ》は重要だ。虚勢で勝つこともある」

生物で言うところの警告色、彼らの奇抜な格好もその一環なのかもしれない。実際に一定の成功を収めているからこそ、こうして街中を闊歩《かっぽ》しているのだ。彼らからすればウォルムこそ面白味のない人間に映っているだろうか。

「どちらにしても、俺には真似できないか」

名実共に汚れた人間だ。小奇麗な色で上塗りしたところで汚れは拭えぬ。そのぐらいの自覚は持っていた。彼らを一瞥したウォルムはその背を追い越し進んでいく。都市中から戦闘を生業とする者達が集う。見た目や装備の違いはあれ、軍隊生活で慣れ親しんだ賑《にぎ》わい。そんな人混みの先に目指す場所が存在していた。

「ふざけたくらいにデカいな」

これまで蟻《あり》の入る隙間すら許さないとばかりに立ち並んでいた建築物とは異なり、眼前の空間には千人規模の兵が隊列を組める土地が広がっていた。草原や寒村とは訳が違う。密集地にある巨大な空白だからこそ、所有者の権力と富を強く示す。妙な気を起こすなと一種の誇示であった。

敷地《しきち》の中心には石畳が真《ま》っ直《す》ぐ延び、並走するように彫刻が美しい石柱が並ぶ。その先に巨大な建築物が聳《そび》え立《た》っていた。白を基調とした外観は美しさを保ちながら、馬鹿げた大きさにより訪れた者を圧倒する重厚感と存在感を併せ持つ。

あまりの規模にボルジア侯爵家の居城ではないかと勘繰ってしまう。

そんなウォルムを嘲笑《あざわら》うように身なりや性別、年齢を問わず人々は迷いなく足を進める。決定打は開け放たれた門の脇にある石材だった。ベルガナ大迷宮——その横には冒険者ギルド・ベルガナ支部と刻まれている。こうなっては間違いなどありもしない。

「まあ、なるようにしかならないか」

余計な気負いを捨てたウォルムは敷地へと足を踏み入れた。石畳を渡り抜け、解き放たれた大門を潜る。建物のエントランスは吹き抜けとなっており、アーチを描く白大理石製の柱列が来訪者を出迎えた。

視界に光がちらつく。屋内にもかかわらず妙に明るい。見上げれば採光を目的とした天窓がずらりと並ぶ。無色透明のガラス、色鮮やかなステンドガラスが交互に嵌《は》め殺《ごろ》しになっていた。実に巧みに室外の自然光を集めている。

「迷宮と言えばもっとこう、汚らしいイメージだったんだがな」

杜を見れば昼間は窓からの採光、夜間は魔石かヒカリゴケのランタンによる照明に切り替えるのだろう。柱の意匠を損なわないデザインのランタン掛けが設置されていた。

見事な作りとは言え、何時までも見惚《みほ》れている訳にはいかない。これまで明確な指向性を持っていた人の流れは散り散りとなり、柱に背を預けて静止する小集団まで存在する。ウォルムもその中の一本を占有すると、流れの観察を始めた。

老人からの教えによれば、ベルガナの大迷宮の所有者はボルジア侯爵家であるが、迷宮の扱いに長《た》け、管理ノウハウを抱える冒険者ギルドに運営の大半を委任している。

冒険者ギルド・ベルガナ支部と銘打たれた看板の扉には、多くの人間が吸い込まれていく。迷宮の入り口は複数あり、その正確な総数は明らかにされていない。ただ、特定の人物だけに使用が許可される入り口もあるようだ。

施設内には権力者や高位の冒険者の専用サロンまで設置され、人脈や雇用を得る為の交流の場として機能しているそうだ。それらを考慮すれば、貴族のように着飾った冒険者も、上流階級の影響を受けてのものだろうか。

観察を終え、ウォルムは背を預けていた柱から身を浮かせ歩き出す。

迷宮に挑む者は冒険者や権力者ばかりではない。一攫千金《いっかくせんきん》を夢見る庶民も上層で活動している。

そこにウォルムは交じるつもりであった。既に目星は付けている。布を被せ抜き身を避けてはいたが、鉈《なた》や鍬《くわ》など武具に転用可能な農具は嫌でも目に付く。

「ふぅ、ふぅっ——大丈夫、大丈夫だ。俺はやれる」

「潜る前から気を張るな。身体を動かせばなんとかなる」

「最初はそんなもんだ。ほら行くぞ」

年長の男達は緊張で呼吸が強張《こわば》った若者を窘《たしな》めた。歳は一回りほど離れ顔立ちは似通っている。血族、恐らくは兄弟の間柄であろう。ひっそりとその後に続き、建物の奥へ奥へと足を進める。

「……露骨だな」

迷宮の庶民向けであろう入り口に向かえば向かうほど、内装の質は落ちていく。恐らくは増改築を繰り返したこの建物の中でも特に歴史が古い。エントランスに比べれば老朽化が進む。

それでもウォルムが衣食住を送ったハイセルク帝国の砦に比べれば、余程上等な分類であった。行儀の良い兵隊は、散らかしてばかりで片付けることを知らない。

歩き続けると広場と呼ぶべき部屋へと辿り着く。休憩や待ち合わせに使用されているのだろう。需要を逃がすまいと消耗品を扱う店、簡単な携帯食を売るような商人まで居る。デザインが異なる机や椅子が多数据え付けてあり、元は上質であったであろう物まで交じっていた。実に分かりやすい。他の待機場から、払い下げられた品だ。

「いいか、狙われたら逃げて、槍持ちのところまで誘い込め」

「背嚢《はいのう》を新調したんだ。これで肉でも何でも詰め込める」

「はは、どうせ半分も使わねぇのに、そんなでかいの買っちまって」

「おい、タレが服にツイてんぞ。汚《きた》ねぇな」

「つけてんだよ。腹が減ったら舐《な》めるんだ」

「嘘《うそ》つけ‼」

待機場には優雅で気品溢《あふ》れる人間ばかり。この上品な空気であれば、ウォルムも粗相無しに踊り切れるかもしれない。受付と思《おぼ》しき場所では、迷宮への挑戦者達が入場割り符と金銭を交換していた。人が切れる頃合いを探り受付嬢へ声を掛ける。

「迷宮に潜りたいんだが」

何が正解か分からない。故に、下手な小細工に頼らず単刀直入に目的を示す。

「あのー、場所を間違えていませんか?」

想定外の返答であった。内心の動揺を隠しながらウォルムは質問を質問で返す。

「ここが、迷宮の入り口じゃないのか」

「えーっと、入り口ではあるのですが、ここは、駆け出しの冒険者や市民の方々向けの入り口ですよ? あなたは駆け出しのようには……」

「俺は冒険者じゃない」

「傭兵の方でしたか。てっきり他の都市から迷宮にやってこられた冒険者の方かと。それでしたら一度冒険者として登録していただいた方が良いですよ」

　善意からの申し出であった。心苦しさを感じつつも、ウォルムは拒絶した。

「いや、必要ない」

「え、あのー、冒険者ギルドに所属した方が潜る上で情報が得やすいですし、パーティーへの参加も、仲間を募るにもオススメですよ。ギルドから他の冒険者へのご紹介もできます。失礼ですが、あなたはお一人ですよね」

「……まあ、一人だが」

　あなた友達居ないでしょと言わんばかりの受付嬢に傭兵は何も反論できなかった。主導権を握った受付嬢は、問題児を諭すように続ける。

「軍役や傭兵を経験された方に多いのですが、ここは迷宮。外での常識は通用しません。一人で潜るのは、はっきり言って自殺行為です」

　何処までも正しい。正論であった。だがウォルムとて譲れぬものもある。カノアの地では冒険者達を蹂躙《じゅうりん》し、ダンデューグ城では力不足で彼らを死に追いやってしまった。一人おめおめと生き延びてしまった敗残兵が冒険者になるなど、そんなふざけた道理を誰が認めるというのだ。

　戦場での記憶が蘇《よみがえ》り、眼の奥がじくりと熱を持つ。ウォルムは視線を伏せて呼吸を整えた。賑やかな待機場の中とは思えぬ沈黙が流れる。対応していた受付嬢の眉が微かに緩み、全く仕方ないと言葉を続ける。

「何か理由や拘《こだわ》りがあるのですね。はぁ、推奨はしませんが、強制もできません。お一人が全く居ない訳でもないですし……小銀貨一枚、銅貨五枚です。割り符の返却時に銅貨五枚はお返しします。お名前は？」

「ウォルム、だ」

管理台帳に名を記した受付嬢は、数字が刻まれた銅製の割り符を差し出す。

「入場割り符をどうぞ。こちらが禁止、注意事項です。文字は読めますか」

「ああ、一応な」

「冒険者の場合は細かい講習会もあるのですが……いえ、無理強いはしませんよ？」

受け取った紙の束に眼を通していく。人数制限や階層内での仕組みが記されていた。一通り目を通し、更に気になる点を読み重ねてから返却する。

「無理をなさらず、低階層で様子を見て下さい。手慣れていそうなウォルムさんなら、きっと帰ってこられるでしょう。またお会いできることを願ってます」

困ったような笑顔で受付嬢は送り出してくれた。偏屈な人間だろう。余計な手間を招いたウォルムは、せめて礼だけは尽くす。

「ありがとう。無理を言ってしまって、本当にすまない」

突然の感謝の言葉に、受付嬢はきょとんと目を見開く。

「い、いいえ、仕事ですから、お気になさらずに」

駄々を捏《こ》ねた受付から離れ、迷宮の入り口に向かう。ウォルムは手に入れた割り符をギルド職員に提示すると、長い通路を進んでいく。暫《しばら》く進むと緩い下り坂に切り替わった。床から伸びたランタン立てにはヒカリゴケが詰められ、覚束《おぼつか》ない足元を照らす。

五十歩ほど歩かされようやく底に辿り着いた。水平となった通路の先に気配を感じる。開けた空間にはギルドの守衛、そして見覚えのある小集団が居た。武具商の店で見かけた駆け出しの冒険者達は、大部屋の中心で何やらやり取りを交わす。

「油断するなよ。何時まで笑ってんだ」

「そう、かっかすんなって」

「今日こそは、オークをまるまる一匹、持ち帰りたい」

「そうしたら、もっといい防具が買えるよね」

「それよりも武器だろ！」

「あんたは骨で、十分でしょうが」

防具は最低限、武器も立派とは言い難い。はっきり言えば劣悪だった。それでも彼らは楽し気で、屈託のない笑みを浮かべていた。その眼はまだ見ぬ明日への希望で輝いている。視線に気付いたのかリーダー格の青年が、調子の良い少年を肘で小突く。

「いいから行くぞ、後ろが詰まってる」

「あ、すいません」

ウォルムとて、この地に生まれ落ちていたのならば、彼らのように同郷や気心の知れた者と迷宮に挑んでいたかもしれない。そんな愚かな妄想が脳裏に過《よぎ》る。有りもしない、くだらない幻想だろう。夢を見るには眼は濁り過ぎた。現実に回帰したウォルムは、彼らの背中を黙って見つめる。

「おい見たかよ。おっさんの武具店に居た傭兵上がりだろ？　おっかねぇ」

「馬鹿、いちいち声が大きいのよ」

「そうだそうだ、骨は静かにしてろ」

「お前ら、遊んでないで行くぞ」

一足先に彼らは迷宮に飛び込んでいった。そうして四人組の姿が掻《か》き消《き》える。魔法や生きた面、龍が存在する世界だ。今更驚くつもりはなかったが、それでも忘れない。忘れもしないその〝穴〟を前に口が渇き、喉が鳴る。

「……は、ははっ、まさか、よりにもよって、冗談がキツい。確かに穴って書いてあったが、地下に降りていくんじゃないのかよ」

平静を装いながら縁に立ち、黒き穴を覗《のぞ》き込《こ》む。何も見通せぬ漆黒が存在していた。かつての世界の記憶が呼び起こされる。類似性を感じさせるその穴は、高倉頼蔵《たかくららいぞう》だった頃のウォルムを誘《いざな》い、引き摺り込んだ穴であった。

「……案外、飛び込んだら、あっちの世界に戻ったりしてな」

ゆっくり記憶を整理する暇はない。背後から新たな集団の気配を感じ取ったウォルムは、覚悟を固めて飛び込んだ。駆け出し達が迷わず落ちたのだ。因縁があるとは言え、怯《おび》え縮こまってはいられなかった。

世界が黒く染まり、肌が騒《ざわ》つく。悍《おぞ》ましくもまるで見えない何かに愛撫《あいぶ》されているよう。このまま延々と闇に弄《いじ》られるのかと危惧を始めたウォルムであったが、広がっていた暗闇は途切れ眩《まばゆ》い光へと切り替わっていく。腑《ふ》が掻《か》き乱《みだ》される浮遊感は唐突に終わりを告げた。

◆第二章　異界への第一歩

暗転した視界が急速に晴れていく。

平衡感覚さえ失いかねない暗闇の中であったが、ウォルムの両足はしっかりと地面を捉える。良好な視界とは言い難《がた》い。陽光は完全に途絶え、壁や天井に群生した野生のヒカリゴケが迷宮を乏しく照らす。

神々が地上に干渉した痕跡、神の遊び場、理《ことわり》の外の世界。それが迷宮を調べた際に知り得た、大層な名称であった。名付けた者達《たち》を笑う訳にもいかないだろう。幾つかの理が違う世界に慣れた身としても、この場はあまりに異質だ。

とは言え、ウォルムは世の謎を解き明かさねば気が済まない学者肌でも研究者気質でもない。迷宮の謎など必要以上に気にしても動きが鈍るだけ。異なる法則や原理が働く世界など一度経験済み、今更何を戸惑う。

呼吸を繰り返し昂《たかぶ》る気を収めていく。拳を開いては握り、膝に自重を掛け曲げる。四肢に異常はない。各所の点検を行い身体《からだ》の柔軟性を取り戻したウォルムは、先駆者の足跡を探す。先行する冒険者達が飛び込んで時間はそう経《た》っていないはずだが、彼らの姿が見えない。腰を落として足元を探るが、真新しい痕跡は残されていなかった。

得た情報を咀嚼《そしゃく》しながら思考を回転させる。

「出現ポイントがそれぞれ違うのか」

そうでなければ、次々と送り込まれる挑戦者達で迷宮には忽《たちま》ち渋滞が生じてしまう。一体どれほどの大きさか。兵役経験の無い庶民が背負える物資でも、表層から帰還できることを考慮すれば、長くても二日、短ければ半日以下で踏破可能だろう。

想定される敵も、駆け出しの冒険者の装備を鑑みるに、ウォルム一人だとしても十分に対応可能。自身の技量に慢心する気は毛頭ないが、長い実戦経験でどの程度まで無理が利くかは、把握済みであった。

「異界への第一歩だ」

斧槍《ふそう》をぶらりと携え通路を進む。長期間の行動に於《お》ける遭遇戦を意図した構えだった。

天井は異様に高く、通路の幅も荷馬車二台程度が並んでも優に通過できる。通路は小部屋へと繋《つな》がり、小部屋では複数の新たな通路が姿を現す。そのうちの一本を選んだ先には、同じ規模の小部屋と通路が存在していた。同様の手順を数度繰り返した傭兵《ようへい》は、迷宮の構造を大まかに把握した。

基本的には碁盤の目に近い。線が通路、線の交差点が小部屋であり、幾つかの道は寸断され、行き止まりとなっている。床には遺跡から剝がれ落ちた小石に交じり、雑草がヒカリゴケとの生存競争に励む。

小部屋を離れ、通路を進んでいたウォルムは正面から迫る影に気付く。

ぺたぺたと響く足音は何処《どこ》か間抜け。陰鬱な迷宮の雰囲気とはそぐわず、逆に不気味ですらあった。注視していた暗闇から小さな影が浮かぶ。

「小鬼《ゴブリン》か」

見慣れた魔物の外見は、迷宮でも変わりはなかった。

人型で背丈は子供程度であり、人よりも発達した犬歯を持つ。耳は尖《とが》り小さく、肌は相も変わらず緑色で吹き出物だらけ。低級の魔物の中では悪知恵が回り、不利な状況であれば一目散に逃げ出す知能を有す。そのはずだった。

人間を見つけたゴブリンは唸《うな》り声《ごえ》と唾液を吐き飛ばし、一目散に迫る。強力な個体や異種による支配、大暴走下の狂奔状態に近い。腰を沈めたウォルムは、間合いに飛び込んでくるゴブリンに薙《な》ぎ払《はら》いを放つ。横合いから斧頭《おのがしら》が食い込み、鈍い抵抗の末に小鬼の頭部が虚空を舞う。数度床で跳ね回り静止した。

油断なく周囲の気配を探るが、更なる襲撃は無い。

「まあ、うん、ゴブリンだな」

構えを解き死体へと近寄る。念《ねん》の為《ため》に心臓を突くが反応はない。何も身に着けず、武器すら持たない素手のゴブリンだ。転がり回り傷んだ頭部を確認するが、こちらも異状はない。

「一定距離に近づくと襲ってくるのか、それとも徘徊《はいかい》しているのか。その両方が妥当なところだろうな」

調べ終えたウォルムはその場を後にしようとするが、ぺたぺたと新たな気配が迫りつつあった。戦闘音に誘われた新たな魔物——恐らくゴブリンに違いない。

迎え撃つか逡巡《しゅんじゅん》の末に逃走を選んだ。丸裸の小鬼を殺して愉悦を感じるほど暇人ではない。可食の魔物でもなく、死体も精々砕いて肥料になる程度、漁《あさ》る気にすらならない。足音を消しながら素早くその場を後にする。通路と小部屋を幾つか越えたところで、不意に足を止め気配を探る。危惧したような追撃はなかった。

出くわす不運なゴブリンの急所を刈り取り、探索を続けていたウォルムは異質な一室に辿《たど》り着《つ》く。

「階段、だな」

下れと言わんばかりに、ぽっかりと大口を開いた階段であった。

罠《わな》を危惧して床や壁を斧槍で探るが変化はない。左右の壁、天井に視線を振る。不審な凹凸は見受けられない。慎重に天板へと踵《かかと》を付け、ゆっくりと自重を掛けた。有るかもしれない、居るかもしれないという想像は、緊張を生み呼吸を速める。

時折静止し、溜《た》まった息を吐く。狭窄《きょうさく》した視野を広げるには重要な方法であった。同じ手順を繰り返していく。足音が反響するが、他の音は交じっていない。

百段も下らされ着いた先は、見飽きた部屋であった。

「そうなると、また通路を歩き回って階段探しか」

担ぎ上げた斧槍の柄で肩をコツコツと叩《たた》く。階層を潜れば潜るほど敵は手ごわくなると、ウォルムは老農夫から伝えられた。気を引き締めた傭兵の前に現れたのは、相も変わらぬゴブリンであったが、その手には棍棒《こんぼう》が握られている。

「棍棒の使い方を覚えたんだな」

感心するようにウォルムは言った。実に大した成長であろう。棍棒を天高く掲げたゴブリンは真《ま》っ直《す》ぐに迫ってくる。

敬意を表して槍《やり》を薙《な》いだ。半円状の軌跡を描いた槍頭は、今までと同様に首を刎《は》ね飛《と》ばす。ゴブリンが手にしていた棍棒がからからと音を立てて、床に落下する。何とも哀愁を誘う響き。

転がる棍棒を手に取り、数度空を叩く。思ったよりも質が良《い》い。小鬼の膂力《りょりょく》であっても繰り返し叩けば、瓜《うり》や人間の頭なら砕くことも叶《かな》うかもしれない。初の記念品を魔法袋へと仕舞い込む。邪魔になれば焚《た》き火《び》の燃料程度にはなるだろう。

その後も立ち塞がるゴブリンを無造作に斬り捨てていく。はっきり言えば苦戦すら難しい。七体ほどの小鬼を葬り、更に階層を潜る。

下った先で出会ったゴブリンが、今度はどんな方法で出迎えてくれるか、ウォルムは細やかな楽しみを覚えてしまう。通路から聞こえてきた足音は一つではなかった。

「数で押すのは、確かに悪くない」

デュオを組んだ小鬼が棍棒を振り上げ駆け込んでくる。ウォルムは相も変わらず斧槍を繰り出した。既にゴブリンの首を斬り飛ばすのも、すっかり慣れてしまっている。

相方の死に怯《ひる》みもせず駆け寄るゴブリンだが、あまりにも人間に夢中になり過ぎていた。引き戻した槍の枝刃が緑色の頸《くび》に食い込むと、脊髄を砕き斬る。首の大半を切断されたゴブリンは千鳥足で数歩進み倒れ込んだ。汚れた緑の矮軀《わいく》は痙攣《けいれん》を続け、動脈から溢《あふ》れ出《で》た血が床を染めた。

ウォルムは何事もなかったかのように足を進める。複数のゴブリンが一度に襲い掛かる階だけあってか、何処からともなく怒号を伴う戦闘音が響く。

上層で狩りに励むパーティーであろう。まだウォルムは遭遇していないが、表層ではオークやシルバーウルフが人気であると酒場で教わった。オークは食肉に適し、シルバーウルフの毛皮は防寒具や衣服に重宝される。旨味《うまみ》のある階層に到達するまで小鬼を素通りする訳にもいかず、相手取っているに違いない。

迷宮では原則五人を超える共闘は禁止されている。それはギルドが好んでルール付けしたのではなく、迷宮が発見された際に出土した石板に記された大原則、犠牲による経験則で定められたものだ。

超えれば必ず何かが起こる。詳細は不明であったが、ルールを破ったパーティーの多くは、二度と迷宮から地上に戻らなかったとされていた。

受付で目を通した規則にも記載されており、基本的には戦闘中のパーティーに近づくことは推奨されていない。軽率なルール破りに碌《ろく》なことはない。ウォルムはゆっくりと戦闘音から遠ざかる。

薄暗い通路を越え小部屋に踏み込む。一目で床の異常を読み取った。睨《にら》んだ先には、先駆者に打ち倒されたゴブリンが横たわる。それまで戯れ合った小鬼とそう差はなかったが、半身が床に溶け込み、まるで迷宮に飲み込まれるよう。

「迷宮の自浄作用だったか、まるで消化だ」

魔物だけではない。放置された武器や防具、人間の遺体ですら迷宮に飲まれるそうだ。迷宮で死ぬと本当に魂を取り込まれるかは定かではないが、この光景には一定の説得力がある。何とも言えぬ薄気味悪さを感じつつも、赤く泡立ち液状化した死骸の横をすり抜け、先を急いだ。

◆

斧槍により喉笛を裂かれた先頭のゴブリンが、血反吐《ちへど》を撒《ま》き散《ち》らしながらもウォルムへと迫る。まるで溺れゆく者が藁《わら》をも掴《つか》む勢い。残る二体も躊躇《ちゅうちょ》なく飛び込んでくる。大した根性だ。迷宮外の個体ではそういまい。

腕を振り下した勢いのまま上半身を逸《そ》らし、摺《す》り足《あし》で重心を後ろへと引く。緑の両腕が、人間がつい一瞬前まで居た空間を抱きしめた。腰を捻《ひね》り石突きで側頭部を強打すれば、骨が砕け散る感触が手から伝わる。

後方に転がり微動だにしなくなった小鬼を横目に、残る二体のゴブリンへと意識を割く。左下側に沈んでいた斧頭を掬《すく》い上《あ》げるように振り切った。腰から肩口までを両断された小鬼は為《な》す術《すべ》もなく地に伏せる。最後のゴブリンが棍棒を振り回すが、遺骸を盾に回り込んだウォルムには掠《かす》りもしない。

切り返しで斧槍を頭部に叩《たた》き込《こ》まれ、小鬼は顔面から地面へと卒倒した。

「階段を下って直《す》ぐに歓迎とは、仕事熱心で困る」

五層目に降り立ち、一つ目の小部屋で傭兵は熱烈な接待を受けていた。

すっかり動かなくなった小鬼の三兄弟から通路に目を移す。分岐路は三方向あるが、どうにも判断に困る。探る要素が無いのではない。あり過ぎるのだ。無数の足跡に、未消化の血肉、至るところで怒声が鳴り響いている。

「ここが、表層の狩り場という訳だな」

迷宮に潜った庶民や駆け出しの多くがこの五階層に踏み留まり、せっせと日銭を稼いでいる。

そうなると旨味どころか雑味とえぐみ、嘔吐《おうと》物を食べる方がマシとされるゴブリン以外の魔物。

又は役立つ品が産出されるに違いない。一先《ひとま》ず、最も音のしない通路に進もうとしたウォルムであったが、雑音の中に混じった気配を拾う。のしのしとした重い足音だった。

薄暗い通路を睨む。ウォルムは旧友にでも再会したような口ぶりで言った。

「オークじゃないか」

豚面に膨れた小腹、人の背丈とそれに見合った手足を持つ魔物が吠《ほ》え掛《か》かる。棍棒で急所を隠し迫るオークに対し、ウォルムは腰を落とし待ち受ける。棍棒による打撃と重量差を活《い》かしたぶちかましが狙い。

突きから上段に構えを変化させたウォルムは、間合いの調整で一歩踏み出し、斧頭を叩き込んだ。《強撃》無しの一撃であったが、庇《かば》うように掲げたオークの上腕を切断、こめかみから上を断り取る。制御を失った身体が慣性に従い滑り込んできた。

足元で綺麗《きれい》に静止した死体をまじまじと観察する。破滅的な敵意以外は、通常のオークと差異は無かった。食べれば美味《うま》いことを部下やかつての世界の同郷から学んではいるが、実際にバラしたことはない。

「吊《つ》るして血を抜き、内臓を打ち捨てれば、大体の獲物は食せる」

解体するか逡巡するが、ウォルムの目的は眼《め》の治療である。抜本的な解決の為には深層まで潜らなければならず、現状維持でも多額な金銭が必要だ。表層にてオークの解体に勤《いそ》しんでいては、どう足搔《あが》いても間に合わない。

「すいません、あの――」

そそくさと犯行現場を後にしようとしたウォルムであったが、死体遺棄を咎《とが》めるように背後から呼び止められた。

それはオークとの戦闘中に、ひっそりと小部屋にやってきていた、あの駆け出しのパーティーだった。戦闘が終わるまで待機しているのだろうと無視を決め込んでいたが、呼び止められて反応しない訳にもいかない。

「解体しないんですか、迷宮に横取りされてしまいますよ」

青年は目を覆いたくなるグロテスクな自浄作用を横取りと称す。何とも逞《たくま》しいではないか。良い兵士に成れるぞとウォルムはひっそりと太鼓判を押す。

「今は必要ない」

「それじゃ、それ貰《もら》ってもいいんすか!!?」

黒い骨を大事そうに抱えた冒険者が、興奮を隠さず尋ねてくる。単刀直入であり、何の探りも駆け引きもない。奇妙な物を見かけたように傭兵はぱちくりと瞬きする。

「あんたは何時《いっ》も――」

「口を閉じろ、馬鹿!!」

パーティーの総意ではなかったのだろう。骨の冒険者は脛《すね》を蹴られ、小突かれ、足を踏まれる。見事な連携である。狙ってやっているのだとしたら見事なものだ。酒場の酔っぱらいの話よりも格段にユーモアがある。

ウォルムは斧槍にへばり付いた血を振り飛ばし、向かい合う。

「うあ、気に障りましたよね。ごめんなさいっ」

「あ、あんた、早く謝りなさいよ」

「すみません、魔が差しただけなんですぅ。勘弁して下さいィイ‼」

後ずさりする面々に、ウォルムはわずかに口角を吊《つ》り上《あ》げる。悪い気分ではない。ただ働きは心底嫌いであったが、見世物の代金は先払いで受け取っている。

「やる。好きにしろ」

呟《つぶや》かれた言葉が余程意外だったのか、若者達は狐《きつね》につままれたように固まっていた。

「え、あ、あの、ありがとうございます」

現実へと回帰したリーダー格の青年が、慌てて礼を述べた。

「ああ」

迷宮に横取りを許すなと、わたわたとオークへと群がり解体を始めた。

槍持ちと剣持ちは通路を睨む。数を活かした役割分担、理にかなっているとウォルムは納得する。これから迷宮に挑んでいくというのに、何とも気が抜けた。良くないだろう。以前のように気を張り詰めなければ、眼の治療どころか、迷宮で己が肉体と魂を召し取られかねない。

その後も数パーティーと擦れ違い、魔物との十に満たない戦闘を経て、ウォルムは扉を伴う異質な大広場へと辿り着いた。

百人程度が十分な距離を保てる空間には、多くの人間が腰を下ろして休憩している。セーフルー

ムとも呼ばれる五層ごとに存在する転送室に違いない。ウォルムが通った入り口の対面には、同様の通路が延びている。更に階層を潜る場合には、今までに倣い階段を下るのだろう。

セーフルームの奥には別の扉が見え、一度入った者が部屋に戻ることはない。確認で扉を開け放つ。地上で躊躇《ためら》いながらも飛び込んだ黒き穴が、中央に鎮座していた。

「帰りもお馴染《なじ》みの穴ね。嫌になるな」

再び弄《いじ》り癖《ぐせ》のある黒き穴に飛び込むのは気が進まないが、留まる理由もない。

小さく息を吐いたウォルムは、穴に飛び込み漆黒に身を委ねた。暗転した視界が晴れ、行きとは違う門守が出迎えてくれる。拍子抜けするほどあっさりと、地上への帰還を果たした。無愛想な門守の横をすり抜けスロープを進む。幾つかの分岐路や用途不明の部屋が並ぶが、寄り道は避けた。人の賑《にぎ》わいが次第に強まり、待機場へと辿り着く。ウォルムは忠言をくれた受付嬢への元を訪れた。

「無事に戻れたんですね。おかえりなさい」

屈託のない笑顔で受付嬢はウォルムを歓迎してくれた。

「お陰様でな。助言、助かったよ」

「ご謙遜を。その様子なら煩《うるさ》い小言でしたね」

「迷宮に関して俺の知識は乏しい。素直にありがたかった」

「ふふ、そう言って貰えると、嬉《うれ》しいですね」

割り符を返却し、保証金を受け取ったウォルムは迷宮を後にする。

迷宮への知識を深め下見も済んだ。残りは物資を買い整えるだけである。不慣れな地であったが、日が暮れるまでに買い足しを済ませ、駆け出しの冒険者達が愛用する日泊まりの安宿で身を休める。

天井裏に割り当てられた客室は、極薄の間仕切り板で区切られただけの粗末な作り。大人一人がどうにか横になれるだけの部屋である。鰻《うなぎ》の寝床から奥行きを取り去ったと言っても過言ではない。

「ぐゥっごぉ、ぐゴォぉ——ぐぅ」

「うは、はっあはは、なにやってんだよ」

「ぉ、おほぉ？　世界が傾いてやがるぅ」

「ばーかぁ、お前が傾いてんだ」

仕切りの隙間からは隣人のいびき、外壁越しには酔いの回った冒険者の笑い声が漏れ込んでくる。

「眠らない都市だな……っぅ」

疼《うず》き熱を持つ眼を宥《なだ》めるように、ウォルムは目蓋を閉じる。

辿り着きはしたが、何も成していない。ここからが始まりだ。黒き穴を潜り地上を離れ、底へ、深い底へひたすら潜っていかなければならない。名声を、夢を掴む為に、無数の挑戦者達が敗れ、捕らわれた迷宮の深層。心身共に、甘えも妥協も許されない。弥《いや》が上《うえ》にも昂る精神を抑え付け、ウォルムはゆっくりと意識を手放した。

◆

日光を拒むように、室内は薄暗闇に包まれていた。

閉ざされた部屋の中心で、革張りの椅子に浅く腰掛けた男が、床を這《は》う女を見下ろす。女の赤髪はくすみ傷んでいたが身体には目立つ外傷はない。だというのに女の顔色は病人よりも青く、今にも倒れ込みそうであった。

原因が眼前の男であるのは明白であり、女は男を心底恐れ、悪夢を見た幼児のように震えている。一方の男は何処《どこ》吹く風で手にした葉巻を咥《くわ》え、一人楽しんでいた。吐き出された紫煙と共に芳香が広がっていく。そうして男はようやく女へと視線を移し、ゆっくりと口を開いた。

「武具商の小間使いの相手をしていた娼婦《しょうふ》から情報が入った。ある男が大量の武器を売り払いに来たそうだ。特徴はお前の情報と一致する。俺の弟を殺した奴《やつ》だ」

再び葉巻を口にした男は、間を置き続ける。

「ジュストは馬鹿じゃないが頭に血が上りやすい奴だった。その上、大した力もない。本当に、愚かしい弟だ。だがこのクソの掃き溜《はきだ》めみたいな世界で、血の繋がりは揺るぎないものだ。分かるな、リュッカ？」

出来の悪い生徒に言い聞かせるような男の物言いに、カロライア魔法銀《ミスリル》鉱から這《ほ》う這《ほ》うの体で逃げ帰ってきた女、リュッカは何度も頷《うなず》く。

「手下の掌握は、まあ上手《うま》くやってたようだな。俺も鬼じゃねぇ、一度目は許してやるさ。娼館から拾い上げて貰った恩を返す為に、こうして仇《かたき》の報告まで持ってきた。実に健気《けなげ》じゃねぇか。可愛気がある。そうでなければ下衆《げす》向けの余興か、地下水道を這う鼠《ねずみ》の餌にしてやった」

リュッカは目の前の男、ジーゼルが脅しで言っている訳ではないのを知っている。

裏社会、それも迷宮都市ベルガナの外に広がる大スラムの中でのし上がる為に、男はあらゆる悪意を使い分けてきた。

「お前の言う通り、大した奴だろう。ディゴールを単身で討ち取り、広範囲に作用する《スキル》持ち。それも劣勢だったダリマルクスに勝利を呼び込むぐらいには、な。だがそれがどうした。血も流し、息も吐き、疲弊する人間なんだろう？　あいつは殺し方を間違えたんだ。真っ向からの暴力は優秀な解決方法だ。シンプルで即効性がある。それでも万能ではない」

暴行、脅迫、殺人、挙げだしたら切りがないあらゆる方法で男は敵対者を葬ってきた。リュッカもその幾つかに加担している。肉親の指を送り付けるのも、肌を焼き情報を吐き出させるのも、見せしめに皮を剝いで通りに貼り付けるのも、まだ可愛《かわい》い方法であった。そうでなければ迷宮の闇に蠢《うごめ》く無数の悪意、その頂点の一角に立ててはいまい。

「寝床や出入りする酒場、趣味、嗜好《しこう》、目的。何でもいい。情報を集めろ。まずはそこからだ」

ジーゼルは暴力が得意であっても至上とはしていない。群島諸国内でも本島を除き、最も人と物が混じり合う迷宮都市において重要なモノは情報だった。

その為に鞭《むち》だけではなく飴《あめ》も使いこなし、準構成員と協力者を多数抱えている。リュッカのような元娼婦から、現役の娼婦、貴族の使用人、ギルド職員、その情報網は多岐に亘《わた》る。迷宮都市で権力争いに勤しむ貴族達、他国の暗部ですらジーゼルの裏クランに価値を見出《みいだ》し、協力関係を結んでいる。

尤《もっと》も、リュッカのみならず裏社会に内通した者が恐れるのは、ジーゼルだけではなかった。リュッカの見上げる先、男の背後にはローブで身を覆った老人が佇《たたず》む。

「一度名誉が汚されれば、それは永劫《えいごう》付《つ》き纏《まと》う。振り払うのだ、ジーゼル」

「ああ、翁《おきな》。耳にタコができるほど、あんたには教えられたさ」

骨と皮ばかりが目立つ、枯れ木のような老体は、スラムでゴミを漁っていたジーゼル兄弟を拾い上げ、裏クランの支配者になるまで謀略と暴力を教え込んだ。リュッカが知るだけでも五十年以上、スラムに潜み、時に身の毛のよだつ暴力や殺戮《さつりく》を成してきた怪人であった。朽ちた身体だというのに眼だけは衰えず、異様にぎらつく。

「さぁ、いけ、仕事の時間だ」

ジーゼルの掛け声に合わせ、手下達は一斉に部屋を後にする。迷宮都市の汚濁で育まれた悪意が、一人の男に忍び寄ろうとしていた。

◆

安宿で英気を養ったウォルムは、本格的に迷宮へ身を投じた。

様子見で移動速度を抑えていた上層を駆け抜けるように潜り、第六層へと進み出る。今までの階層は上層の中でも表層と呼ばれ、食肉や毛皮、ごく稀《まれ》に出土する硬貨狙いの庶民が潜れる場所に過ぎない。駆け出しを脱した冒険者からは、保育所とさえ揶揄《やゆ》される。

六層ではゴブリンのみならず、オークも複数で出現した。小鬼共に至っては四体同時に姿を現す。数の差に頼り資源を得ていた庶民では荷が重く、五層までの賑わいは失われていた。その分間引きされていた魔物が活気を取り戻し、傭兵を煩わせる。

魔物のみならず対人戦においてもそうであるが、接敵から肉薄するまでに、如何《いか》に数の差を減らすかが要点となる。ウォルムとて、集団に囲まれれば装備が傷み、身を削られかねない。疲弊しない為にも、一撃で確実に敵を仕留め、積極的に数を減らす動きが不可欠であった。

魔物達を迷宮の肥やしに変え、ウォルムは更に階層を深めていく。明確な変化があったのは、第九層であった。

「文明の利器を手にしやがったな」

それまで魔物の原始的な装備しか目撃してこなかったウォルムであったが、ここにきて金属で武装したオークが出現したのだ。外見上からでも判別が付くほど赤茶の刃面は錆《さ》び付《つ》き、朽ち果てる寸前の鈍《なまく》らであったが、鉄には違いない。それは大きな意味合いを持つ。魔物に対する人の優位性、その根幹たる一つは鉄なのだ。眼前の魔物は、文明を手にしていると言っても過言でもない。防具の隙間に入り込めば皮膚が裂け、急所に貫えば重傷を負う。四層でもそうであったが、転送室手前の階層はそれまでの魔物に比べ、一段階ほど手強《てごわ》くなっている。

駆け込んでくるオークは三体、槍を持ったオーク二体が先導役を務め、残る一体は戦棍を手にしている。ウォルムも迎合するように斜めに走る。

叩き付ける形で槍が振り下ろされ、残る一本は胸元に向けて突き出された。動作が早過ぎたが故に、その軌道を早期に見切った傭兵は急速に身体の進路を右から左へと傾けた。追い切れなかった槍が地面を盛大に叩く。打楽器と化した槍が奏でる音色を背中越しに捉え、眼前に迫る別の槍に斧槍を合流させる。

「ふっ、ぅ」

二体目のオークが突き入れた槍は、斧槍に絡め捕られ腕ごと頭上へと弾《はじ》け飛《と》ぶ。

ウォルムは露《あらわ》となった脇の下に槍先《やりさき》を差し込む。肉を裂き、肋骨《ろっこつ》の隙間から入り込んだ刃が心臓を蹂躙《じゅうりん》する。柄を捻りながら抜くとオークは断末魔と共に鮮血を吐き出し、絶命を果たす。

「忙《せわ》しないなッ」

側面からは仇討《あだう》ちとばかりに、無視されていた一体目のオークが水平に槍を振り回す。それに合わせて、正面からは戦棍が叩き付けられた。

上半身を畳みながら腰を沈める。戦棍が顔を掠め、薙ぎ払いの槍先が頭上を通り過ぎていく。構え直す暇を与えず、戦棍を持ったオークを一突きした。穂は正中線上の急所である喉仏から入り込む。鋭利な槍先は動脈を寸断、噴き出す血が迷宮を赤く彩る。

「後はお前だけだぞ」

脅迫を受けてか、最後に残ったオークは思い切りよく腰で槍を構えて突貫してくる。相対する為に反転した勢いを殺すことなく利用。水平に繰り出された斧槍は、オークの片手ごと柄を断ち切る。

棒切れと化した柄を隻腕で操ろうとするが、踏み込んだことが仇となった。進路上に据え置かれた斧槍に誘い込まれ、鉤爪《かぎづめ》状の枝刃に首を刈り取られる。ふらふらと数歩、歩み寄りを見せたオークであったが、努力の甲斐《かい》なく床にその身を委ねた。

「剣や戦棍だけではなく、槍まで持ち出してくるか」

体力を削られ集中を欠けば、即死すらあり得る。魔法や《スキル》を温存しているとは言え、上層を抜け切らずの消耗という現実がウォルムに立ち塞がる。

「……足を止めるなよ。何の為迷宮に来たんだ」

兵士としてよく知る戦場とは毛色が違うが、迷宮もまた別種の戦場であった。近道などはないだろう。血反吐を吐き、精神を擦り減らしながら一つ一つ積み上げるしかない。そうしてウォルムはこの世界で生き長らえてきた。何もやることは変わらない。

オークの遺品である鈍ら武器を魔法袋に押し込み、静かに迷宮の攻略を再開した。

◆

靴底と床に挟み込まれた頭骨は圧力により軋《きし》み、今にも圧壊せんとしていた。

「よっ、と」

空き缶でも潰す気楽さと要領で、ウォルムは踵を虚空へと持ち上げた。足元から破滅的なしらべが響く。圧壊による不可逆的な破断、薄汚れた白い破片が古ぼけた床に散乱していく。

「残りは……そこか」

散らかした足元を一瞥《いちべつ》もせず、目を細め暗闇で這いずるそれを捉えた。下半身と片腕を失ったスケルトンがそこに居た。残る腕でずるずると這い、人間への復讐《ふくしゅう》を果たそうとしている。

スケルトンは元から地を這う存在ではなかった。四体の歩き回る骸骨がウォルムへと襲い掛かり、返り討ちにあったのだ。その最後の一体が眼下に迫りつつある。肉が腐り落ち、すっかり剝《む》き出《だ》しとなった指骨が半長靴を捉える前に、斧槍の石突きが頭蓋をかち割った。

「手間の掛かる階層だな」

第十一階層から第十五階層間は、アンデッドに分類される魔物しか出現しない。戦場では幾度も相まみえた手合いだ。生と死が同居する戦地では新鮮な死体は豊富であり、死体の処理を誤れば直ぐに湧いて出る。

先程までウォルムが砕いて回っていたスケルトンは、背骨や首を断っても、頭部さえ無事なら幾らでも動き回る。突きで頭蓋の一部を破損させても、行動停止へと追い込めない場合も多い。対処法はシンプルだった。斧頭で頭蓋を広域に砕くか、手足を無力化させてから念入りに止《とど》めを刺す。どちらも二度手間ではあるが確実性が有る。問題の魔物は別に居た。

「引き寄せられてきたな」

骨を砕く音が鳴子となったかは定かではないが、薄暗闇から招かれざる魔物が次々と姿を現す。

「またグールか」

動き回る死体達《グール》は、一部の皮膚が溶け崩れ暗褐色に染まっている。顔面は半ばまで腐れ落ち、目《ま》蓋《ぶた》の無い虚《うつ》ろな眼孔がウォルムを捉えていた。

腐敗汁で迷宮を汚し、生者を渇望して三体仲良く爛《ただ》れた腕を伸ばして走り込む。アンデッドならば鈍間《のろま》であって欲しいが、見た目よりも俊敏な足取り。宿の外でわいわいと騒ぐ酔っ払いよりも余程、足腰がしっかりしている。

飛び込んでくるグールの側頭部を、水平に振り抜いた斧頭が両断する。制御の中枢を失った死体は、乱回転しながら迷宮の壁に激突した。わずかに遅れて迫るグールを槍先で拒む。力など必要なかった。

喉元を串刺しにされたグールだが、それでも前進を止《や》めない。腰で斧槍を据えて構えれば、自然と取り返しが付かぬほど刃に食い込む。それでも尚《なお》、唸り声と悪臭を吐き出し人の鮮血を欲する。

「ご馳走《ちそう》してやる」

歓迎の言葉を吐き、ウォルムは斧槍の柄を力任せに捻《ね》じった。頸椎《けいつい》の隙間に入り込んでいた穂先が、筋組織ごとグールの首を突き折る。残るは薄皮のみ。腐った頭は梟《ふくろう》のように百八十度回り、千切れ落ちた。

自由となった斧槍を素早く引き戻す。柄を手のひらで滑らせ、短剣のごとき短さで握り直し、残るグールへと突き刺した。顎下から入り込んだ穂は、開け放たれていた口腔《こうこう》を強引に閉鎖。不揃《ふぞろ》いな歯をがちりと鳴らした。槍先は口蓋を突き破り、ウォルムの目論見《もくろみ》通りに脳を掻《か》き混《ま》ぜ蹂躙を果たす。

「んっ、そんなに寄り掛かるなって」

初々しい恋人のような台詞《せりふ》だが、絵面は惨憺《さんたん》たるものであった。

活動を停止させた腐乱死体の全体重が斧槍に掛かってくる。小脇に挟んだ柄を倒すと、食い込んでいた刃からグールがずり落ち、静かに床へ転がった。摑《つか》み掛《か》かられることもなく、腐敗液も浴びなかったウォルムだが、拡散した臭いまでは防ぎようもない。

役目を果たした斧槍にも汚れがこびり付き、酷《ひど》く汚染された気分であった。穂先を振り回す度に赤茶の液体が飛び散る。

アンデッド階層の人気のなさは危険性に加え、臭気や気味の悪さも手伝っているのだろう。ウォルム一人、それも斧槍のみで仕留めてこの有様《ありさま》なのだ。集団戦で鈍器や魔法を使えば、返り血を浴びるのは避けられず、味方が倒したグールからも腐敗液がまき散らされる。

良いか悪いかは分からないが、階層を下り進めるうちにウォルムの嗅覚は鈍りつつあった。鋭敏さを保ったままでは集中力を阻害される。アンデッド階層を横断するには好都合だが、悪臭を身に纏ったことにも気付けぬ鼻には、日常を過ごす上で危機感を覚えてしまう。

階層を深める度に死体は積み上がる。戦闘の痕跡は各所に残されていた。時折、冒険者と擦れ違うが干渉はない。お互い一瞥した後は自然と離れていく。それが迷宮内での礼儀作法とも呼ぶべきものであった。

相も変わらずの代わり映えしない通路を抜け、迷宮内でも数少ない大部屋へと辿り着く。ウォルムの経験則上、大体は魔物のたまり場と化し、硬貨や古ぼけた武器が乱雑に転がっていることが多かったが、今回ばかりは様子が違った。

「葬式でもするのか、俺はまだ死んじゃいないぞ」

グール二体、アンデッド化したウルフ二体が、碌に血液が循環していないというのに、血気盛んに腐臭と呻《うめ》き声《ごえ》を漏らす。大部屋の中心には、それらを侍《はべ》らす魔物が佇む。

「随分と欲張りだな。何の魔物だ」

正体不明の魔物はアンデッド、それもスケルトン系統なのは間違いないが、その造形は異質であった。人間の頭部に巻き角、左腕は肋骨状の盾となっており、先端にはウルフの頭骨が生える。右手は三本の背骨が絡み合ったランスとも呼ぶべき形状を成す。下半身も常であれば貧弱さを拭えないスケルトンに有るまじき骨太であった。

何よりそれらの骨の色は、武具商や駆け出しの冒険者が所有していた骨製の武器に酷似している。記憶を探ったウォルムは、受付嬢から受けたアンデッド階層の説明が脳裏に過った。出現率は乏しいが時折現れる厄介な希少種、十五階層適性のパーティーが逃走の一手を打つ相手――。

「ボーンコレクターかッ!!」

複数のスケルトンとダークスライムが交じり合った特殊個体。その名を口にしたウォルムは踵《きびす》を返そうとするが、そんな時間は残されていなかった。前触れもなく、五体が示し合わせたように殺到する。通常種であるはずの取り巻きさえも格段に速い。

敗走の選択肢を捨て、ウォルムの意識は闘争へと切り替わる。未知の相手に手札を温存するほど、度胸は据わっていない。数的不利を覆すには何より初動が重要であり、その源は火力に尽きる。瞬間的に練り上げた魔力を吐き出し、アンデッド共の進行上に火球《ファイアーボール》を発現させた。

その効力を遺憾なく発揮した炎は、空気を揺るがせ迷宮を焦がす。

直撃を避けられなかったグール二体は爆炎により全身をまき散らし、迷宮に灯《とも》る悪《あ》しき松明《たいまつ》と化した。それでもウォルムが望む光景ではない。アンデッドウルフ二体とボーンコレクターは脚力にものを言わせ爆炎を抜け切っていた。

「ちィ、速いっ」

正面に位置取るボーンコレクターとは対照的に、アンデッドウルフは側面から背後に回る動きを見せる。死角からの牽制《けんせい》と意識の分散が狙い。骨だけとなり、空っぽとなった頭部にそれだけの知能があるのは何とも驚きであったが、現状迫りつつある危機を座して待つほどウォルムは愚鈍ではない。

左右に展開を見せれば、それだけ各個撃破の危険性が高まる。盾役として機動を妨げるのがボーンコレクターの目論見だが、少しばかり見通しが甘い。追従を振り切るだけの能力と判断をウォルムは有していた。

真横に地面を蹴り、風属性魔法による加速を得たウォルムは、一挙にその間合いを詰める。避け切れないと察したアンデッドウルフはその場で急速に反転、顎門《あぎと》を開く。

「伏せてろッ」

叩き下ろされた斧頭が腐犬を強制的に躾《しつ》けた。頭蓋を砕く達成感に酔いしれる暇もなく、左足を

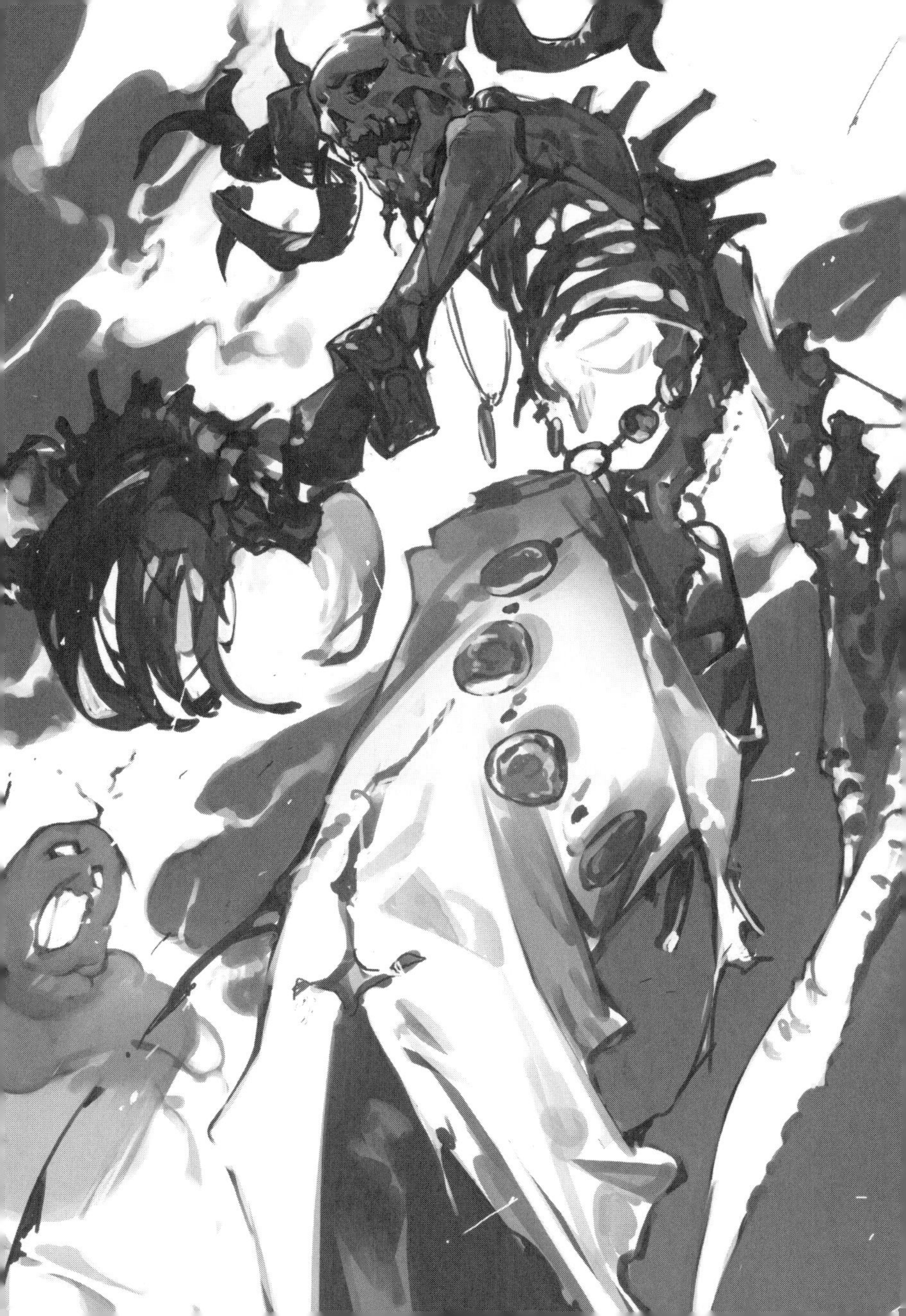

軸に踵を半回転させ、腐液で悍《おぞ》ましい軌跡を描く。ボーンコレクターは既に黒々と光るランスを突き出していた。

胸元に迫る刺突を読み切ったウォルムは、柄を押し当て軌道を上方へと逸らす。

絡み合った骨が目尻の横を抜けていく。傭兵は姿勢を屈《かが》め左脇のすり抜けを狙う。盾状左腕による突き出しが阻止を果たそうとするが、それでも抜けられない間合いではなかった。

「つう——!?」

悪趣味な盾飾りだと思われたアンデッドウルフの頭骨。その顎部が開け放たれるとウォルムの肩を噛《か》み砕かんとする。咄嗟《とっさ》に飛び跳ね寸前で牙を躱《かわ》す。頭骨は物寂し気にがちりと虚空を噛み鳴らす。無防備な退避上にランスの追撃が見舞われた。

死骨収集家は足を止めての打ち合いが望み。ウォルムは誘いに乗った。対抗するように斧槍を突き返し、硬化した骨槍と斧槍が弾け合う。刹那の攻防のやり取りを続けるうちに、残るアンデッドウルフが這うような姿勢で足首を狙う。

「邪魔、すんなッァ」

ランスとの競り合いで弾け飛んだ穂先の反動を利用し、下段へと構えた斧槍を振り抜いた。斧頭には《強撃》を示す魔力が揺らぐ。

顎下から掬い上げられたアンデッドウルフは、頭部を縦断する形で断ち切られ、二つに裂かれた残骸が勢い良く床を滑る。それでも止まることを知らない《強撃》は、叩き付けられようとしていたランスを跳ね返す。

頭上で手首を切り返したウォルムは、薪割《まきわ》りのように斧槍を振り下ろした。

「ふ、うッ‼」

骨盾による防御を試みたボーンコレクターであったが、一瞬の拮抗《きっこう》の末に斧槍が防御を押し破る。斧頭が右の肩口に食い込むと骨を断ち切り左腰まで抜ける。上半身がずるりと滑り落ち、下半身がわずかに遅れて倒れ込んだ。

痺《しび》れる指の具合を確かめる。柄越しに感じた手応えは骨のそれではなく、鉄製の防具並みの硬度を持っていた。《強撃》でなければ、あれほど見事な両断も叶わなかっただろう。綺麗に二等分となったボーンコレクターは、歪《ゆが》んだ盾で最後の抵抗を試みていたが、ウォルムは間合いの外から斧槍を叩き下ろす。それで呆気《あっけ》なく勝負は付いた。

「魔法と《スキル》を強いられるか」

今までとは一線を画す特殊な魔物とは言え、第十三階層での魔力の消費はウォルムにとっても誤算であり、実に苦々しい。

「槍は欠けて先曲がりしたか。盾も半ば砕けてる」

それぞれ大破した品に、傭兵の興味は急速に失《う》せた。人と違い折れた骨は、再び強くならないだろう。鉄のように溶かす訳にも行かない。

かがみ込み残骸を漁り始めたウォルムは、煤《すす》のような黒色をした骨片を探る。頼りないヒカリゴケの明かりであったが、何かが鈍く反射した。短刀で骨を避け露出したそれを拾い上げる。数度、指で擦り汚れを落とす。それは年季の入った硬貨であった。

「古い、大金貨か」

食うだけなら北部の貧農が一年間は困らない価値の金貨がウォルムの手に収まっていた。

厄介なボーンコレクター相手に、骨折り損のくたびれ儲《もう》けとならずに済み、一先《ひとま》ず安堵《あんど》の息を吐き出す。幸いにして出口は近い。一端引き上げるべきであろう。傭兵は帰路を急いだ。

苦労の末に強敵を打倒し、地上に帰還を果たしたウォルムであったが、勝利の凱旋《がいせん》とはいかなかった。

何せその身には悪しき聖域を宿している。迷宮、その中でもアンデッド階層に長居した者なら誰しも纏ってしまうそれは、悪臭と呼ばれるもの。悍ましい暗褐色、爛れ、腐敗したアンデッドの血肉は、討伐された後も呪いのようにウォルムに纏わり付き、その臭いによって人々を遠ざける。

「……この臭いって」

「うげぇ、アンデッド階層帰りだ」

「あの傭兵、けちりやがったな」

擦れ違う者の反応は実に様々。

露骨に進路を捻じ曲げる者、事態を察し鼻を押さえる者、中には共感めいた同情の視線を向ける者もいた。清潔を保《たも》ち辛《づら》い迷宮では多少の臭いなどご愛嬌《あいきょう》であったが、アンデッド階層はまた別格と言える。

「これじゃ、歩く汚物扱いだな」

どうにも居心地が悪い。ウォルムは受付で割り符を返したら、さっさと何処かの安宿で身を清めるつもりであった。昼は疾《と》うに過ぎ、日差しも落ち着きを見せている。混雑の時間は抜けたのか受付は実に閑散としていた。

不夜城としての一面を持つ待機場ではあるものの、やはり人の営みというのはそう簡単に変えられるものではない。早朝時や夕方には、かつての役所や特売日の食量品店のような混雑さを見せる。望まぬ悪臭を身に纏ったウォルムは、待機場を横断する形で受付へと足を進める。そこには迷宮都市でも数少ない顔見知りとなった受付嬢が、普段と変わらぬ様子で業務に勤しむ。気配か、臭いを察知されたかは、五分五分と言ったところであろう。

紐《ひも》で纏められた名簿と睨めっこをしていた受付嬢は、ウォルムに気付くと、控えめな笑顔で出迎えてくれた。

「おかえりなさい。アンデッド階層から無事に戻られたのですね」

まるで遠回しに臭いますよ、と告げられているようであり、実に奇襲性が高い一撃。

長い戦場暮らしで、相応のずぼらさを身に付けたウォルムとて、面と向かって女性に言われれば、全く気にしないほど図太くも無神経でもない。

「まあ、外見上は、な」

内心の動揺を隠しながら、すっかり染み付いた悪臭に辟易《へきえき》していると自身の腕や衣服に視線を動かす。

アンデッド階層では、腐敗汁や血肉を浴びないよう細心の注意を払った。だがボーンコレクター相手では、無傷とはいかず、忌々しくも取り巻きのアンデッドウルフの血肉が腕に降り掛かっていた。

「気になさらないで下さい。よくあることです。それにウォルムさんの被害は少ない方ですよ。極端な方だと頭からばちゃりと被《かぶ》り、全身を汚されて帰ってこられる方もいますから」

受付嬢は頭上でバケツをひっくり返す手振りを見せた。

迷宮で実体験を済ませてきたウォルムとしては、想像するだけでも恐ろしい。目と鼻腔に染みるほどの強烈な臭い。軽い水洗い程度では哀れな被害者の臭いを消し去ることはないだろう。

「運が良かったんだな。割り符を返却したら、宿で桶《おけ》を借りて行水をするさ。流石《さすが》にこのまま休む気にもならない」

「この迷宮管理場にも水浴びができる施設はありますよ。利用料こそ掛かりますが、食肉目的のオークの処理や迷宮内での汚れを落とす為に、皆さん利用されています」

ウォルムも迷宮から帰還した初日に、転送室付近の扉を気に掛けていたが、迂闊《うかつ》にも中の探りまでは入れていなかった。待機場で向けられた非難の視線の中には、水浴びの金を惜しみ待機場まで来た粗忽者《そこつもの》、又は無知な傭兵と言った意味合いもあったのだろう。

「……知らないことばかりだな。世話を掛けてすまない」

「私は冒険者をサポートするギルドの職員ではありますが、迷宮の運営を担う一員でもあります。冒険者でなくとも給料分を出ない程度には、助力します」

「感謝してる。あんたになら何か奢《おご》ってもいいくらいだ」

「リージィです。一応名札にも書いてあるんですよ？　ふふ、まあ、感謝していただいているのなら、何か貢いで貰うのも悪くないですね」

リージィは冗談めいた口調で言う。

ウォルムは硬貨袋を覗《のぞ》き込《こ》んだ。揺すればちゃりちゃりと良い音がする。腐《くさ》り墜《お》ちようとする眼の薬代には遠く届かないものの、迷宮入りしてからはそれなりに実りがあった。情報源が乏しい傭兵にとって受付嬢のリージィの情報は貴重だ。多少の身銭を切るくらい、細やかな報酬であろう。

「はぁ、冗談ですから硬貨袋を取り出さないで下さい。誰が硬貨をそのまま渡されて喜ぶのですか、そんなに私は守銭奴ではありませんせん」

真剣な顔付きで硬貨袋を鳴らす男に、リージィは呆《あき》れ混《ま》じりのため息を吐《つ》き、首を振った。女心というのは何とも難しい。ウォルムが一つ言い訳をするのであれば、長い戦場暮らしというのは、如何《いか》にも配慮を鈍らせてしまう、ということだ。

「無粋で悪いな。小洒落《こじゃれ》た冒険者とは縁遠い生活を送っている」

「見れば、分かります」

間髪容《い》れずの返答であった。これでは付け入る隙は微塵《みじん》もない。分が悪いと判断した傭兵は、直ちに水浴び場への敗走を選んだ。

◆

光源の乏しい地下通路に、かつこつと硬く小さな音が響く。

それは迷宮に挑む冒険者の半長靴が、荒れた石畳を踏み鳴らす足音であった。そのうち三つは規則正しいリズムを刻んでいたが、残る二つは不規則で時折、靴底が床を擦る。

五人組のパーティーを率いるアニチェートは、迷宮に潜り七年になる。世間一般で言うところの中堅に位置する冒険者であった。夢を追うような純粋無垢《むく》さは失ったが、現状に行き詰まり、管を巻くほど擦り切れてもいない。自身を含めて、パーティーの基幹員の技量や体力は十全に理解し、何ができるかくらいは弁《わきま》えている。

「まだ、回るのか」

アニチェートが全体の行程の見直しを図る中、前衛を務めるザーロは振り向きもせず言った。一見すればただの独り言のようであったが、長い付き合いである。言葉足らずの前衛が何を言わんとしているかくらい直ぐに察しが付く。

「五人分の稼ぎには不十分だ」

「そうだが、その前に新顔が潰れちまう」

「分かってる。次の大部屋で小休止を取る」

前を張るザーロ、最後尾で隊列のケツを持つスウェラ、指揮役であるアニチェート自身の体力には何の不足もない。問題は引退した基幹員に代わり、荷物持ち《ポーター》と戦闘補助で臨時に雇い入れたオヴディオとドゥースであった。新人というには長い期間をオーク狩りに費やした二人は、より良い稼ぎを求めてアニチェートの募集に応じた。

所謂《いわゆる》、穴埋めとテストを兼ねた雇用だ。最初から戦闘役としての期待はしていない。安価な素槍《すやり》で距離を担保させ、牽制程度に働かせるつもりであったが、オークばかりを獲物にしていた弊害だろう。アンデッドに対する心理的な恐れが彼らの動きを鈍らせていた。

ザーロは尚も苦言を漏らす。

「一度、戻ってもいいんじゃないか」

「……甘やかしてどうする。癖になるぞ」

人柄も、実力も二流以下であるアニチェートに期待されているのは、契約の履行だ。これまで日雇いや短期契約の冒険者がパーティーから途切れなかった理由は、偏《ひとえ》にそこにある。

パーティーの報酬は揉《も》めごとの種だ。方針の違い、喧嘩別《けんかわか》れこそあれ、約束した報酬を渡せなかったことなどない。付き合いの長いザーロはそれ以上、何も言わなかった。ただ黙って速度を緩めたアニチェートに歩幅を合わす。

暫《しば》しの沈黙の後に、ザーロは再びアニチェートの名前を呼んだ。話を蒸し返すためではない。変わり映えのしない低く平坦《へいたん》な声に、緊張が乗っている。

「アニチェート、来るぞ」

「何体だ？」

「恐らく、三体」

頼れる前衛は五感に優れている。特にその聴覚は鋭敏であった。アニチェートはパーティーの長として指示を下す。

「スウェラ、後ろに専念しろッ。正面からお客さんだ」

それだけで基幹員の一人であるスウェラには十分であった。対照的にわたわたと落ち着かない新人に発破を掛ける。

「新顔共、腰が引けてるぞッ。難しく考えるな。どっしりと構えてろ。いいか、最初の一体が近づいてきたら腹に差し込んで動きを止めろ‼　合図はしてやる」

「「は、はい」」

酷い有様だが執るべき行動を明確化され、先程よりも落ち着きを取り戻した。

乾いた唇を一舐《ひとな》めする。グールは出鱈目《でたらめ》に手足を振り回し、最愛の恋人のようにアニチェートへと抱き付こうとしている。勿論《もちろん》、そんな恋人は居ない上に、好みからは些《いささ》か外れていた。

「やれえぇ!!」

おっかなびっくり突き出された二本の槍が、鳩尾《みぞおち》と下腹部に突き刺さる。

串刺しにされ突進の勢いこそ鈍るが、この程度でグールは止まらない。それでもアニチェートには十分であった。手にしていた幅広の騎兵剣を頭上から振り下ろす。グリップからは鈍い衝撃が走る。硬い頭蓋骨を抉《えぐ》る手応え。脳漿《のうしょう》をぶち撒《ま》けたアンデッドはふらりとお辞儀をした。残る二体のうち、一体はザーロへと組み掛かろうとしている。前衛と視線が交差する。

「構うな」

短い投げ掛けであったが、アニチェートはその言葉を信用した。ただの死体へと還《かえ》ったグールに、未《ま》だ槍を突き刺したままの新顔二人は一先ず置いておく。

「おい、こっちだ」

ザーロへと向かおうとした三体目のグールの進路にアニチェートは割り込んだ。

掴み掛かろうとする右手首を騎兵剣で叩き落とし、右へと回り込む。折れた葱《ねぎ》のように垂れた右手は何も摑めず、革製の手甲とグローブを汚すのみ。身体の位置を入れ替えたが、距離が距離だ。無理にとどめを狙わず、膝に騎兵剣を見舞う。

グールの人間由来の構造は、弱点まで受け継いでいる。膝に半ばまで食い込んだ剣身は、靱帯《じんたい》の付け根ごと膝蓋骨《しつがいこつ》を粉砕した。見えない手に摑まれたようにグールは転倒する。立ち上がろうと床に着いた腕を騎兵剣で叩き弾く。これで四肢のうち三本が使い物にならなくなった。

横に目を振れば、ザーロを組み伏せようとしていたグールは鎧《よろい》の装甲に文字通り歯が立たず、槌《つち》矛《ほこ》により頭部を粉砕されている。新顔共もようやく槍を死体から引き抜いていた。

「おう、槍は抜けたな。とどめを刺してみろ」

戦闘中後方を警戒していたスウェラからの報告はない。

順応相手にはちょうどいい。嫌悪を薄めるには経験という慣れが一番であった。余計な口出しをせずに、オヴディオとドゥースに処理を一任する。首や心臓を突いたところで、アンデッドには効き目は薄い。遠目から見れば喜劇のようなやり取りを経て、新顔共は一つの結論に至った。

「ドゥース、槍で貼り付けてろ。手斧《ちょうな》で頭をやる!!」

似たような技量の二人でも主体性はオヴディオにあった。ドゥースにも異論はない。相方が頭蓋骨を砕くまで、深々と突き刺した槍を小脇に抱えて、その役割を全うする。

「終わったな」

仕事を終えた二人にアニチェートは、反省点を告げていく。

「アンデッド階層じゃ、必ず二度とどめを刺せ。漁ろうとして喉を食い破られた奴も居る」

騎兵剣を動かなくなった死体に振り下ろし、更に続ける。

「役割分担は、まあ上々だな。直槍《すぐやり》じゃ殺し辛い奴らだ。解体用の手斧でとどめを刺したのは、良かったぞ」

新顔二人の表情は少しばかり明るくなった。アニチェートは揶揄《からか》い混じりに釘《くぎ》を刺す。

「手も足も出せない獲物を仕留めて、そんなに喜ぶな。次は二人で一体を仕留めてみろ」

短い反省会を終えたパーティーは死体を漁っていく。その後もグールとスケルトンをそれぞれ二体仕留め、それなりの金品を得られた。

目に見えた成果に、重かったパーティーの雰囲気もわずかに改善した。飛び散った脳漿の数滴に顔色を青くしていた二人は、今や小声で雑談に興じる余裕までできている。大した慢心ぶりであったが、怯《おび》えて使い物にならないよりかはマシであろう。限度を超せば、殿《しんがり》のスウェラが尻を鎌槍で小突く。

「明るくなってきた」

ザーロは低い声で警戒を口にした。

大部屋は大量に群生するヒカリゴケにより、通路よりも光源が確保されている。光の導きのままパーティーは通路を進んで行く。

「直《じき》に大部屋だ、床や天井にも警戒しろ」

アニチェートは振り返ると、新顔共に言い聞かせる。疲労が顔色にまで表れているが、目にはまだ力が残っている。

「は、はい」

「注意します」

手負いのアンデッドは奇襲を好む。特に下半身が千切れた個体は見つけ辛い。迷宮潜りの経験の中で、天井から身軽なスケルトンが降ってきたのは、一度や二度ではなかった。

通路の中から大部屋を探るが、異変はない。アニチェートは騎兵剣を胸元で構え、通路の左角を起点に死角を埋めていく。逆側はザーロがケアをしていた。端から端まで視線を走らせるが、瓦礫《がれき》の陰にも不審物はない。最後に大部屋を見渡したアニチェートは後続に合図を出した。

「空っぽだ。どうやらアンデッド共は留守らしい」

隊列は大部屋の中心に入り込む。安全を確保したアニチェートは新顔に呼び掛けた。

「小休止を取る。荷を降ろせ」

待望の休憩に、オヴディオとドゥースの顔は緩む。

「紐が肩に食い込んで仕方ない」

「魔法袋があればな」

殿を務めていたスウェラは鎌槍を肩に置き、ため息を吐く。

「なんだ、グールでも詰め込むつもりかよ」

最後尾を務めながら、新顔の御守《おもり》をしていたスウェラは消化不良で些かご機嫌斜めであった。

「わざわざ貴重な魔法袋に、死体を詰め込む奇特な奴なんていねぇさ」

アニチェートは軽口をたたく。極端に流通量が少なく、製法を秘匿している森林同盟産を除けば、迷宮での魔法袋の入手は現実的な手段である。尤も迷宮の深層、それも底近くでしか出土しない遺物の類い。アンデッド階層を仕事場とするこのパーティーでは、無用の長物だ。

「臭いがきついだろうが、水と食い物は口にしておけ。周りもちゃんと見てろよ」

　悪臭により嗅覚は潰れている。ここでならば粗食だろうが、豪華な食事だろうが関係はない。アニチェートは出入り口に目を光らせながらも、率先して飲食を始めた。新顔共もわたわたと水筒を傾け、喉を潤すと携帯食を口にする。

「げぇ、汚れが付いた」

「こいつはいい、臭くて味なんて分からねぇ」

　新顔を除いたパーティーの基幹員は、決して油断を解いていた訳ではない。寧《むし》ろ、新人二人の引率で警戒を強めていた。長年十五階層を仕事場にしてきた彼らは、希少種や変種を含め遭遇する魔物への知識が豊富だ。仮令《たとえ》、後手に回っても十分に処理する術も持っていた。

　だからこそ、何の前触れもなく通路から伸びる魔法に全員が驚愕《きょうがく》した。

「散開しろォっ‼」

「は？　えっ――――ぐぎィぁあぁ‼？」

　アニチェートの呼び掛けに応じたのは、二人だけであった。状況を理解せぬまま、風の刃がオヴディオとドゥースを斬り裂く。

「くぞったれ、やられた」

「魔法を使う魔物だと⁉」

スウェラとザーロは魔物の攻撃だと疑いを持っていない。だが、アニチェートは魔法の残滓《ざんし》に紛れる弦《つる》の音を聞き逃さなかった。眼前に居たスウェラを蹴り飛ばし、その場から飛び跳ねる。先程まで居た場所を、風切り音を伴い矢が射抜く。

「魔物じゃねぇ、人間だッ」

人狩り《マンハント》、これまで迷宮で同族殺しに励む者が居なかった訳ではない。それでもその多くは、喧嘩や盗みの延長で起きた出来事だ。完全武装したパーティーをターゲットに迷宮に潜るなど正気ではない。故に与太話の類いと信じていたのだ。アニチェートに不足していたのは、偏に人間の悪意に対する備えであった。

体勢を立て直す暇もなく、第二射が迫る。

叩き落としなど望みは薄い。急所を片手で隠し、痛みに備えたアニチェートであったが視界を影が覆う。鈍い金属音が大部屋に響いた。

「立てるかぁ⁉」

「あァ、射角から逃れろ」

全身を鎧に包んだ重武装のザーロが、前衛の役目を見事に果たした。武装リザードマンの一撃すら弾く分厚い鎧が被矢の衝撃で歪む。アニチェートの軽装では防ぎようもない。

三射目が届く前にアニチェートは壁へとへばり付く。時機を逃したと悟ったのか、次射はなかった。壁に貼り付き、初撃を躱せなかった新顔達を見る。魔法による攻撃で、それぞれ胴部と喉元を斬り裂かれ、血だまりの中で倒れていた。

「う、ぉァ、っあぁ？」

ドゥースは即死していた。オヴディオは半端に身を捻った結果、死ぬに死にきれず、水気混じりの声で喘《あえ》ぐ。助けを求めて伸ばした腕が、痛々しい。

「チクショウ、何処のクソッタレだ!!?」

「騒ぐな。最低でも、射手と風属性持ちだ」

スウェラを宥め、仲間と情報共有しながら次の一手を考える。遠距離では勝ち目はない。入り口を押さえたまま、他のパーティーが通り掛かるまで持久戦を狙うか。思考を回すアニチェートであったが、悩む必要はなくなった。通路からぬるりと三つの影が飛び出してきたのだ。

「間髪容れずかっ」

距離のあった射手と魔法持ち《マジックユーザー》が斬り込んでくるには早過ぎる。襲撃者は初撃の有無にかかわらず、最初から斬り込むつもりだったとアニチェートは悟った。

「舐めやがって、仇討ちだぁ!!」

スウェラは、己を鼓舞するように吐き捨てた。ザーロも前のめりとなり戦闘体勢に入る。パーティーの基幹員だけで限れば、こちらは二十階層でも通用する面々だ。ただし敵にいる射手と魔法持ち《マジックユーザー》の戦力差を考えれば、早期に決着をつけなければならない。アニチェートはシンプルに意を伝えた。

「後続が来る前に、ぶち殺せ‼」

アニチェートの相手は槍持ちであった。特徴のない大量生産品の素槍は、素性を隠す為のものだろう。小刻みにステップを刻み、左手で間合いを取りながら騎兵剣を振り上げ斬り込んだ。フェイントを掛けた一撃であったが、踏み込みに合わせて槍が伸びる。

「つぐぅ、っ⁉」

咄嗟に翳《かざ》した手甲からは血が滴る。接触に合わせ、装甲のない裏面を削り取られていた。興奮する脳内だが、魔物相手に培ってきた経験と勘が告げる。武器の相性もあるが、完全に格上の相手。削り合いでは勝機が薄い。

傷付いた手を魔力膜で覆いだらりと下げた冒険者は、間髪容れずに騎兵剣で薙ぎ払う。血に濡《ぬ》れた穂先が胸元で火花を散らす。アニチェートはすかさず飛び込んだ。

人狩り《マンハント》は斬撃に合わせ、槍を突こうとしていた。ぬらりと鈍い光沢を帯びた槍先が騎兵剣を押《お》し除《の》け、眼前へと迫る。アニチェートは偽装でぶら下げていた左腕を持ち上げると、魔法を放った。

水属性魔法への適性こそ乏しいが、絞り出せば一撃くらいは見舞える。才覚に乏しいアニチェートの切り札であった。放たれたのは頭部ほどの大きさの水弾。致命傷には程遠いが、意識外から直撃させれば有効打に成り得る威力は持つ。

弾かれた騎兵剣を胸元へと手繰《たぐ》り寄せ握り固める。崩したところを斬り殺す。水弾の行方を追ったアニチェートだったが、水弾は着弾どころか防具をすり抜けた。

「なっぁ⁉　ぐっへっ、ぇ――」

喉元に衝撃が走り、続いて溶けた鉄でも当てられたような熱を持つ。止血に見せかけた魔力膜を攻撃魔法の予兆と見切られていたか、それとも寸前で対応されたのか不明だ。

この際、どちらでもいい。襲撃者は腰を沈め込み、半身を傾けただけで水弾を躱した事実のみが残る。闘争心はまだ消えちゃいない。騎兵剣を突き出すように構えようとしたアニチェートであったが、どういう訳か手が追い付いてこない。

「上等だ、ま、だ……あっ？」

視界が傾く、意志に反して身体は石畳へと倒れ込む。既に大部屋は静けさを取り戻していた。遠方では、ザーロとスウェラが一足先に寝ているではないか。これで全員仲良く転がったらしい。

「……惜しいな」

何処かで聞き覚えのある声であった。

アニチェートに記憶を探る余力など残されていなかった。魔法袋から取り出された斧が、仲間の死体に打ち下ろされる。そうして小分けされた死体が魔法袋へと詰め込まれた。新顔達には魔法袋に死体を詰め込む奇特な奴なんて居ないと言った手前、どうしてくれるというのだ。戦っていた襲撃者も斧を片手に迫る。できることは少ない。

「ぐぅ、だ、ばれ」

濁音混じりの罵声と共に唾を吐いたところで、アニチェートの意識は途絶えた。

中堅パーティーの突然の失踪――だが、騒ぎにはならなかった。迷宮の中ではよくある話。また、一組の冒険者が迷宮に飲まれたのだろうと。戻らない彼らの割り符と共にギルドの受付簿には、ただ未帰還と刻まれた。

◆

迷宮を有する都市ベルガナにおいて、都市を囲む城壁は特別な意味を持つ。

幾度も支配者が移り変わり、その度に補修、増強を受けてきた城壁は、実戦により培われた頑強さを訪れる者全てに誇示していた。当然、その規模に見合った兵により秩序と治安を保たれている。その中心地では、群島諸国でも最大の迷宮が鎮座しており、語られることのない冒険者達の無数の悲劇や歓喜の上ではあるが、絶えることのない富が約束されていた。

城壁内での暮らしは一定の社会的地位を意味する。それでも壁内全ての人間が成功者ではない。使い古した装備の補修を行い、狭い一部屋で集団生活を送り、保証無き迷宮への挑戦を続ける者達は大勢存在する。寧ろ多数派とも言えた。

彼らは迷宮の産出者であり、一種の労働者でもあった。

当然、危険と隣り合わせの日々を送り、運良く成果が得られた日には酒場に乗り出し、酒と食事を片手にまだ見ぬ明日への希望を口にする。

「ここに来て、一気に階層を深められたよな。やっぱり才能が開花しちゃったんだな」

「何、また馬鹿なことを……運良く食べこぼしを拾って、装備を整えただけじゃない」

「でもよ。それって装備さえ有れば、行けたってことだろう」

「それが慢心だって言ってるのよ。大体あんた前のめりになり過ぎて、頭からグール汁被ってたじゃない」

「出だしで数減らせたからいいじゃないかよ。ベテランのおっさんやあの怖い傭兵だってやってただろ」

「アレは同じ人間の動きじゃないわよ。あんたじゃそのうち、事故って頭割られるのがオチ」

同郷二人の意見の相違は広がっていく。パーティーリーダーであるペイルーズは普段通り調整に入った。

「リークの言い分も一理はある。初手で数を減らすのは間違ってないけど、ドナが言いたいのはやり方を工夫しないと駄目ってことだ。無用なリスクは減らさないと」

お調子者のリークは、言い分を認めたのか小さく唸り、ドナは勝ち誇ったように頷く。この二人は衝突しがちではあるが、戦闘ではなんだかんだと息が合っている。普段からそうであれば、ペイルーズの仕事も減るのではあるが、高望みだと半ば諦めている。

せめて補佐役でも居たら――。

横目で同じテーブルに着くマッティオを確認するが、挽肉《ひきにく》と酸味のある果実を絡めた小麦料理を頬張るのに勤しんでいた。麺状に形成された小麦粉を茹でたものをこれでもかとフォークで絡め取り、飲み込んだはいいが、喉に詰まり慌てて水で押し流している。

「マッティオ、パスタは逃げない。落ち着けよ」

「おい、マッティオ意地汚《きた》ねぇぞ。全部食う気かよ」

「あんた、食事の時だけ悪霊《レイス》にでも取《と》り憑《つ》かれてるんじゃないの」

先程まで言い争っていたことを棚に上げたリークとドナは、マッティオを非難する。ペイルーズに言わせれば彼らに大差などない。

「また頼めばいいだろ。マッティオの食い意地は度が過ぎるが、身体をでかくするには、食い過ぎでも困らない」

マッティオは歳下《としした》にもかかわらず、ペイルーズよりも身体が大きく、恵まれた膂力による槍捌《やりさば》きはアンデッド階層でも活躍を見せた。

「オークの挽肉パスタ二皿とオークの炙《あぶ》り焼《や》き追加で！」

テーブルから呼び掛けると、厨房《ちゅうぼう》からしゃがれた返答がある。

そう時間は掛からず、テーブルが皿で埋まる。ペイルーズは三人よりも四つ、歳が上であった。

本当は村から一人で飛び出すつもりが三人に泣かれ、騒がれ、懇願されて連れてきてしまったのだ。

　その上、年長者という立場を突かれ、なし崩し的にパーティーリーダーへと祭り上げられてしまう。苦言を呈そうにも彼らの迷宮での働き振りは優秀なのでまたタチが悪い。お陰で酒と煙草《たばこ》が増える日々を送りながらも、パーティーは悪くなく機能している。寧ろ順調とも言えた。

「水取って」

「ちっ、あたしを使わないでよ」

「たまには魚が食べたい」

「オーク肉が安いんだから、それで我慢しろ」

　海洋国家と言える群島諸国では漁業が盛んであり、魚は安価な食材であったが、ベルガナではオーク肉が半無尽蔵に得られる為に、逆転現象が生じている。ペイルーズも三食のオーク肉に辟易はしているが、安価で活力の源になる為、食べ続けなければならない。

「そういえば魚じゃないけど、どっかの武装商船が中型のクラーケン仕留めたんだってさ」

「中型でもよくクラーケン仕留めたわね。海上魔術師が凄腕《すごうで》だったのかしら」

「クラーケンか、食べてみたいな」

「あんなバカ高い物買えない。どうしても食べたきゃニシンの塩漬けだ」

　手の届かない珍味に夢見るマッティオを現実に回帰させたペイルーズは、食事を再開させようとするが、横合いからの声に手を止める。

「おいおい、なんだよ。ちょっと見ないうちに装備が立派になったな」

第二十階層を活動拠点とする中堅パーティーの冒険者達であった。ペイルーズ達がベルガナの迷宮に潜り始めてから、交流のあるグループの一つだ。

「十三層まで潜れるようになったからな」

リークは自慢するように、第十三階層で手に入れた新たな装備を取り出した。ペイルーズに言わせれば、趣味の悪い骨が合わさり溶け合った盾と槍であった。それでもダークスライム由来の黒色は、鋼鉄並みの硬さと軽さを併せ持つ。武具としては上等な一品である。尤も少々脆《もろ》いのはご愛嬌であったが。

「まさか、ボーンコレクターの盾と槍か⁉」

中堅の冒険者ですら驚く品であった。ペイルーズですら知っている特殊個体と呼ばれる魔物の一種だ。危険度で言えば第二十層後半の魔物であり、上層で出くわせば、手慣れた中堅パーティーでも死傷者が出かねない厄介な相手であった。

「で、何処から盗んできたんだ」

冗談混じりに宣《のたま》う中堅冒険者に、持ち主であるリークが抗議の声を上げる。

「酷いっすよ。盗んでいません。半壊してたのが落ちてたんですぅッ」

「はは、ボーンコレクターが落ちてるはずないだろう。ああ、まあ、今なら有りえなくもないか」

笑い飛ばそうとした中堅冒険者も心当たりがあるのか、語尾を弱める。最近、上層から中層で打ち捨てられた死体が増えていた。それも外《はず》れの魔物ではない。手間こそ掛かるが、素材として一定の価値がある魔物までも打ち捨てられている。

「あの傭兵さん、オークを剝ぎ取りもせず素通りしてたよなぁ」

「あー、確かに。あの人が魔物を解体しているとこ見たことないわ」

リークとドナの言う通り、最近現れた傭兵が魔物の素材を持ち帰っている様子はない。半ば壊れたとは言え、手付かずのボーンコレクターの遺骸もあの傭兵の仕業ではないかと、ペイルーズは疑いを持っていた。

迷宮に関する噂《うわさ》話《ばなし》は冒険者の大好物である。飲んだくれていた風聞好きが何処からともなく集い、あれやこれやと情報を持ち寄り始めた。

「妙に小さいと思ったら、駄目になったところを削って補修したのか」

「ロッズのおっさんに頼み込んだ！」

「泣き付いたの間違いでしょ」

「半人前には、ハーフサイズでちょうどいいな」

「相変わらずつまんねぇ冗談だな」

「うっせぇな、ってお前らも来たのか。ああ、そうだちょうどいい。アニチェートのパーティーを最近見ねぇが、知ってるか」

「あー多分、迷宮に飲まれたな。あいつ腕はあったが、がめつい野郎だった。引き際を間違えたんだろよ」

「おお、こえー。明日は我が身って……おい。誰だ、俺の腸詰め肉を食った奴‼」

先輩方の腸詰め肉が消える一部始終を目撃していたペイルーズは、我関せずと酒を煽《あお》り、他の会話に耳を傾ける。

「この前よぉ、ドワーフがそこで飲んでたんだが、あいつら酒樽《さかだる》を一晩で開けやがった。んで、朝にはその足で迷宮入りだ。あいつら肝臓に魔法袋でも仕込んでるのか」

「祝宴で酒場から酒をなくしちまう連中だぞ。考えるだけ無駄だ」

「マッティオ、てめぇ口開けろ。首振ったって無駄だぞ。逃げるな、飲み込むんじゃねぇ‼」

「そういえば、最近流れてきたあの傭兵。アンデッド汁を迷宮からご馳走されてだぜ」

「あいつでも、ヘマするんだな……んー？　ペイルーズ、それ拾ったのは何時だ？」

「七日前ですね」

「傭兵が汁塗れになってたのも七日前だ。時期は合う」

「迷宮知らずの新顔じゃ、素材の価値も知らねーかもな」

「単独で迷宮に潜るなんてよくやるぜ」

「腕があるんだ。ま、そのうち、あっさりどっかのパーティーに入るだろ」

胡散臭《うさんくさ》い話や本筋から離れた雑談が交じり合う頃になり、また一人の冒険者が話に加わった。

「面白そうな会話してるな。本当に一人か？」

ベルガナの迷宮で第三十階層以降に到達する希少なパーティー、そのリーダーを務めるファウストと呼ばれる男であった。中老を過ぎて尚、迷宮に潜り続ける熟練者であり、献身的なことに中堅以下のパーティーへの助言も惜しまない。ペイルーズ達も世話になっている恩人だ。

「確かに一人でしたよ。偶然戦闘を見てましたけど、斧槍一つで五秒も掛からず、オークの群れがぶつ切りにされてました」

ペイルーズは迷宮内での戦闘を思い返す。あの傭兵は突き一つにしても信じ難いほどに速く正確だ。至近距離を苦手とする斧槍にもかかわらず、懐に入られても関係なしと魔物を迷宮へと還していた。

「斧槍一つか、それは凄いな」

ファウストは称賛の言葉を漏らした。それを聞いていた中堅冒険者がからかい混じりに言う。

「第三十階層以降に潜れるファウストさんだって、片手間で同じことできるでしょう。まあ、ひよっこ達の話だから、話半分の方がいいんじゃないですかね」

中堅冒険者の物言いにリークとドナは頬を膨らませ不満気であった。実際やいやいと騒ぐ。ペイルーズは荒ぶる二人を宥めながら、単独で迷宮に潜る男の正体を掴もうとする会話に意識を向ける。

「森林同盟か、共和国の武芸者か」

「斧槍ってことは武僧では無さそうだがな」

「何処その兵隊上がりかもな」

「どちらにしても単独とは、訳有りか奇特な奴だ。生粋のウォーモンガーか?」

「さぁな。そういえば北部諸国の一国があんな鎧だった気もするが」

「まあ何にせよ、いいじゃねぇか。俺達《おれ》の仕事の手間を減らしてくれるんだ。長生きできるように、名も知れぬ男へ乾杯くらいしてやるさ」

結局集まった冒険者達は、明確な答えを得られぬまま乾杯に合わせて酒を煽り、話題は流れていった。

◆

石畳の通路は風化と戦闘によって劣化が進み、壁や天井から剝がれた石材が歩みを阻害する。瓦礫を避け足の置き場を選ぶウォルムであったが、砂利のごとく小さな破片までは避けようもない。自重が乗った半長靴により礫《つぶて》はパキリと音を立てて砕ける。地上の雑踏であれば誰も気付きもしないだろう。だが迷宮、特に中層の始まりとされる第十五階層以降では別であった。

何処かしらのパーティーが戦闘を繰り広げ、雑談交じりに魔物の解体に勤しんでいれば察知もできるが、基本的には極めて静寂。それは冒険者が己の存在の露見を嫌い、静粛を徹底しているからだ。彼らは不意打ちを避け、可能な限り先制攻撃を狙う。如何に相手の動きを察知、速やかに攻撃に移るかが重要であった。

「懲りもせずに、来たな」

礫を潰した返答は、直ぐに現れた。

しゅうしゅうと空気が隙間から漏れ出す音。鋭く並んだ牙に彩られた口からは長細く、爬虫類《はちゅうるい》を連想させる舌が伸びる。二足歩行、手足の数は人と同一にもかかわらず、その造形は人とは似付かない。ウォルムはそれだけで十分に襲撃者の正体を摑む。

リザードマン、武器を操る知能とそれに振り回されないだけの技量を有する魔物であり、感情が読み取れない瞳がウォルムを見据えている。柄を軽く握り斧槍を構え歓迎の意を表す。公平に始まりを告げる笛などあるはずもなく、唐突に戦闘の幕は切って落とされた。

尖兵《せんぺい》を務める歩き蜥蜴《とかげ》は古ぼけたラウンドシールドと汚れたサーベルを持ち、その後ろには槍持ちと戦棍持ちが続く。

ウォルムは狙いを読み取らせぬように身体を左右に揺する。それを意に介さず一直線に迫る歩き蜥蜴に迎合する形で、斧槍を左上段に掲げて跳び出す。上部から迫る斧槍に対し、ラウンドシールドで防御を狙うリザードマンであったが、強度不足の盾は斧頭を防ぎ切れずに肘ごと圧壊した。

木片と血肉が交ざり合い虚空を彩る。そんな痛手にもかかわらず、無機質な目は依然ウォルムを捉え離さず、戦意は些かも衰えていない。それどころか左半身を撫《な》で付《つ》けるようにサーベルが逆襲を狙う。

柄を手のひらで回しながら引き戻したウォルムは、鉤爪状の枝刃を立たせて斬撃を受け止めると、剣身に沿わせて滑らせる。そうしてリザードマンの残る手首を半ばまで斬り落とす。両手を失ったリザードマンは大口を開き、残る武器である牙を突き立てようとする。だが悪足掻《わるあが》きを予見していた傭兵に、下顎から上を斬り飛ばされる方が速かった。

先陣を切ったリザードマンとの交流は終わりを告げ、残る二体のリザードマンは攻撃を果たそうとしていた。一度、二度と繰り出される槍を、上半身を逸らし回避。胴部を抉ろうとする戦棍を、地面を蹴って逃れる。

槍が懸命にウォルムを捉えようとするが、間合いが短い戦棍の特性上、踏み込んでいた同胞の身体に阻まれ届くことはない。人間の回り込みを阻止する為に、戦棍持ちの歩き蜥蜴は腕よりも太い尾を叩き付けるが、ダンデューグ城を巡る防衛戦で、傭兵はその手合は何度も経験済みであった。

「困ると尾を振り、直ぐに噛み付く」

鎖兜《くさりかぶと》の側頭部を叩くはずであった尾をウォルムは眼前で見送る。一方、尾を振り回したことによりリザードマンの動きは一層、窮屈となった。呆気なく背中を晒《さら》した歩き蜥蜴は、知覚することもなく地面へと頭を落とす。

障害物と仲間を同時に喪失した最後のリザードマンは、臆することなく槍を交えようとする。ウォルムは誘いに応じ、穂先を合わせながら側面の斧頭で柄を弾く。柄が交差し、斧槍の穂先と枝刃の間に収まったリザードマンの首は、斬り飛ばされた。

転がり回る頭部が落ち着いた頃、迷宮は静寂さを取り戻す。ウォルムは周囲を探る。変化と言えば床が鮮血により芸術的に染め上げられ、三体分の蜥蜴が盛り付けられているくらいなもの。

「ガタガタの鈍らもいいところだが、鉄には変わりないか」

手放されたサーベルを拾い上げるが、質が良いとは言い難い。研ぎ直すか、或《あ》いは溶かして叩き直せば武器としての機能を果たすだろう。前任者たるリザードマンに文句を付けるのであれば、収めるべき鞘《さや》が無いことであろうか。

魔法袋に手首を突っ込んだウォルムは、何度利用しても慣れぬその感覚に鳥肌を立て、目的の布を引《ひ》き摺《ず》り出《だ》す。布材は余分に持ち歩いており、その用途は豊富にある。サーベルをクルクルと回しながら布を巻き、根元で縛ると再び魔法袋に仕舞い込む。

次に拾い上げたのは赤錆びた戦棍であった。

柄は肩から手首ほどの長さ。メイス頭部の形状は出縁《でぶち》が五方向、放射状に伸びている。玉ねぎ型や球型に比べれば破壊力こそ一歩劣るが、衝撃と軽量さに優れる。

「こっちはなかなか、悪くない」

斧槍を肩に担ぎ、ウォルムは残る片手で振り心地を確かめる。表面こそ汚らしいが、中は朽ちていない。この手のタイプのメイスは、防具越しにでも腹部に食い込めば胃酸と酸素を吐き出させ、瞬間的に行動を鈍化させる。戦場でも馴染《なじ》みの光景であった。粗悪な剣なら正面からぶつかり合えば刃が欠け歪み、鞘に収まらなくなるだろう。

斧槍を小脇に抱え、いそいそとメイスに布を巻く。

一周、二周と巻き始めた時であった。微《かす》かに地面の礫が擦れる。ウォルムの反応は鋭敏であった。飛《と》び退《の》きながら姿勢を反転させれば、急速に広がった視野いっぱいに、剣身と長大な尾が映る。

雌型の上半身と大蛇の下半身を持つラミアは、その特性を活かしウォルムを奇襲したのだ。瓦礫に紛れ、機会を窺《うかが》っていた蛇は隠匿をかなぐり捨て、硝子《ガラス》を搔き乱すかのような金切り声を上げる。

器用にも左右同時にショートソードで喉を裂こうとする人型の大蛇に対し、ウォルムは斧槍を手放した。既に抱き着くような間合い。こうなっては小技の一つを使ったところで、主導権を握られてしまう。

そして思い切りの良さを支えたのは戦棍であった。

振り切られる前の右手首を狙ったメイスの一撃は顕著に、その効力を発揮する。まるで折られた長葱のように手首は支えを失い、砕けた指から剣があらぬ方向へ飛んでいく。残るショートソードは水平に首を狙っていた。

ウォルムは身体を丸めながら懐に潜り込んで一撃をやり過ごし、勢いを殺さぬままラミアへと衝突。雌型と言っても人間基準では筋骨隆々の大女、それも重心は下半身に集中している。上半身は幾分か仰《の》け反《ぞ》り、わずかな空間が空くだけ。

◆

即座に機能を失った右腕と尾が人間を絡め捕ろうと伸びる。握手でも望むように突き出された腕を掌底打ちで払いのけ、迫る尾は逆方向に姿勢を傾けてすり抜ける。上半身を捻り、斬り返しを試みたラミアであったが、ウォルムがメイスを突き入れる方が早かった。

重量の過半を出縁型頭部と呼ばれる金属塊に占めるメイスは、望んだ破壊を齎《もたら》す。鼻部と眉間の間に減《め》り込《こ》んだ出縁型頭部は、鼻骨や眼窩《がんか》を広範囲に砕き蹂躙。脳を揺さぶりながら、五感のうち二つを瞬時に奪い去る。しぶとい魔物の中でも蛇由来の強い生命力を持つラミアも、一時的に無防備な姿を晒す。

残念ながら戦乱の世を生き抜き、博愛精神や動物愛護の精神が薄れて久しいウォルムは容赦がない。メイスは弧を描き、崩れ落ちるラミアの頭部を掬い上げる。粘性の液体や骨片により迷宮で赤褐色の花が咲く。それも一瞬の出来事であり、壁や天井の真新しい染みへと変わった。

「やっぱり悪くないな」

メイスを手首で数度回転させてから空を叩く。あれだけ粗暴に扱っても、欠けや歪みは生じていない。普段から斧槍を愛用するウォルムは、決して浮気性ではない。それでも暴力を至上とする迷宮において、メイスのシンプルで、迅速な問題解決能力を嫌うことなど誰ができようか。

中層第二十階層のセーフルームの扉を押し退けて入室したウォルムは、毎度向けられる好奇の目に辟易していた。傭兵を除くパーティーは、殆《ほとん》どが定員上限の五人編成であり、四人組でも珍しい。そんな中で単独で潜り続けるウォルムが奇特な人間に映るのは仕方ないとは言え、心地好《よ》いものではない。

ましてや疲労と寝不足、張り詰めた緊張により圧迫された精神では、寛大になれる方が異常だ。一つ一つの視線の主に澱《よど》んだ眼を向け、ようやく表立ってウォルムを品定めする評論会は終わりを告げた。

壁にもたれ掛かったウォルムは座り込む。冷え込んだ床と壁は火照《ほて》った身体を冷やし、静かに歓迎の意を示してくれる。

マントの中で魔法袋から食糧を取り出し、隠すように食事を始める。何とも行儀が悪いが、礼儀作法に煩い食事処《しょくじどころ》ではないのが救いであろう。塩漬けにされた安価なオーク肉を噛み千切り、日持ちするように固く焼かれた黒パンを繰り返し咀嚼して飲み込む。合間に水を口にするが、昂った神経は収まらない。

腹を満たしながら眼だけを動かし改めて室内を一瞥する。

五、六組のパーティーが一定の距離を空け休んでおり、その中でも比較的余裕のあるパーティーが情報交換や会話に精を出している。隙間なく防具が着込まれ、武器も魔物に合わせ多種多様。上層の劣悪な装備とは一線を画す。これで人数が揃《そろ》えば、戦前の陣地を彷彿《ほうふつ》とさせたであろう。

片膝を突き、武器を手元にしたまま浅い眠りを繰り返す。熟睡はできなくとも、身体は休まる。軍隊生活で身に付いてしまった習慣であった。人を拒む傭兵に好んで近づく者は居《お》らず、幾つかのパーティーが入退出を繰り返す。

五度目か六度目か、扉が開け放たれ新たな集団がセーフルームに足を踏み入れてきた。腰袋に収めているというのに、鬼の面がかたかたと動き出す。ウォルムは嬉しくもないが、振動数やその音で、面が意図するものがぼんやりと理解できるようになっていた。

「どうした。好みでも居たのか、浮気性な面め」

珍しくも鬼の面が興味を現す震え方。ウォルムは重い目蓋をうっすらと開く。そこには四人組が居た。迷宮であればそう珍しくもない冒険者であったが、先頭の冒険者はなんというか——良く言えば色彩豊か。悪く言えば、眼に優しくない。

防具はミスリル混じり特有の淡い光沢を帯び、腰に下げたロングソードには三色の宝石と銀細工がほどこされている。髪は鮮やかな青、瞳は左右それぞれ赤と緑、何とも欲張りな奴であった。

続く二番手の冒険者は、無駄な物を徹底的にそぎ落とした無骨な様相。ミニマリズムに通じる物をウォルムに連想させるが、本質的には修行に勤しむ武僧であろう。残る二人は射手とロッド持ち。立ち振る舞いと装備を加味すると前衛二人と中遠距離を熟《こな》す後衛といったところであろうか。

部屋のど真ん中に達したところで、カラフルな冒険者とウォルムの視線が交差する。明るいとは言い難い迷宮の中でも瞳の光は失われず、吸い込まれるような深みを持っていた。

自身の暗く濁った瞳とはなんと異なることか。

そんな交差も冒険者が次階層に進む為、正面を向いたことで断絶される。

そこでウォルムは、はたと気付く。パーティーメンバーには疲労が見られず、汚れすら付着していなかった。ここまで辿り着く為に、どれほどの魔物を相手取り、その血肉が飛び交ったかは、潜ってきたからこそ分かる。並外れた技量という言葉ですら陳腐な贈り言葉であろう。

「立ち止まらないのか」

結局彼らは散歩に出かけるかのように、足を休めず次の階層へと踏み込んだ。短い沈黙の後に、羨望と嫉妬が入り混じった声色で、ほかの冒険者達は会話を始めた。

「三魔撃は休憩要らずってか」

「俺達にとっての表層みたいなもんだろ。そりゃ制覇者の期待も掛かる」

「あれでまだ四人だろ？　荷物持ちでいいから、パーティーに迎えてくれねぇかな」

「っは、冗談だろ。ポーター役ですらお前には無理だ。それに三魔撃のパーティーは魔法袋を持ってる。わざわざ足手纏いを囲い込むかよ」

「選ばれるのは最低でも三十階層以降に潜った奴らだろう。まあ、その手の奴は癖が強いし、固定が居るからな」

ああ、と納得がいった。迷宮都市を訪れ日が浅い人間ですらその名は知っている。迷宮都市出身者のパーティーで最も制覇者に近い存在。彼らにとってこの階層は苦戦すら難しいのだろう。そんな迷宮都市ベルガナの期待を背負う者ですら、頂に届いていない。

至宝と称される奇跡は遥《はる》か地の底。ウォルムは指先すらもまだ届いていない。奇跡を望むのであれば、これまでの働き振りでは不十分であろう。足りないのであれば積み上げていくしかない。それも急速に。

手にした斧槍に自然と力が入る。ゆっくりとした呼吸を繰り返し、高まる鼓動、焦燥を宥め付かせたウォルムは、浅い眠りに就いた。

◆

慎《つつ》ましくも斧槍による魔物の鏖殺《おうさつ》に勤しんでいたウォルムであったが、二十階層からその戦闘様式に明確な変化が現れた。

魔力を起因とする炎によって小部屋の内壁は焦げ付き、破壊の爪痕である破片が床に転がる。手の延長とでも呼ぶべき斧槍は、空き容量がすっかり少なくなった魔法袋へと押し込まれていた。これまでの魔物であれば、食い込んだ刃によって肉片を飛び散らせ、流れ出た鮮血は迷宮を染め上げる。

それが今や岩や砂ばかり。それもそうであろう。ウォルムが相手取っている魔物には血が通っていない。場合によっては魔導兵により生成され、戦場で盾としての役目を全うする土人形《ゴーレム》であった。

天然の魔力溜まりに存在する魔石を核とした人造の魔物であり、戦においても肉薄するまでの移動型の盾、戦列を乱す為だけの楔《くさび》の役目など、その用途と種類は実に広い。

「砂遊びをする歳じゃないんだがな」

ウォルムが迷宮で対峙《たいじ》を余儀なくされているゴーレムの設計思想は至ってシンプル。背面等《など》の装甲を排し、正面のみに厚みを持たせたものであった。

野戦であれば愚鈍なゴーレムは迂回《うかい》するか、回り込み弱点から破壊するといった手法も取り得る。だが歓迎会の会場は、空間に制限の掛かった迷宮だ。特化型のゴーレムにとっては格好の独壇場。

三体のゴーレムが通路を仲良く横列で迫れば、それは動く壁と同義であった。《強撃》であれば、堅牢《けんろう》な腕も切り落とせもするが、中途半端な攻勢は手痛い反撃を生む。正面装甲にのみリソースを割いたゴーレムは、大型に反して軽快さを持つ。

健全なウォルムは腕部に生えた返し状の棘《とげ》で殴られる趣味もなく、抱かれて磨《す》り下ろされるのも好みではない。後退も一手ではあるが、既に一度後退に失敗している。駆け付けた新手の土人形に囲まれ、危うくサンドイッチの具になり掛けた身としては、積極的に採用する気にはならなかった。

ここまで二十階層以上を潜り、魔法の使用は控えていたウォルムであったが、魔力という年貢の納め時であった。肩を寄せ合い、内壁を削り落とし前進する集団に向けて攻撃魔法を放つ。

悶《もだ》えるような熱気を伴った火球《ファイアーボール》は、目標物である中央のゴーレムに衝突すると空気を震わせ、内包する魔力を発揮した。逃げ場のない通路から火炎が踊り、熱風と炎が吹き荒れる。

直撃を受けた頭部は飛散、魔石を埋め込まれた中核部を失う。支柱を失った建造物のごとく崩壊は全身に伝播《でんぱ》していく。その余波を左右のゴーレムにも期待したウォルムであったが、直ぐに叶わぬ夢だと悟った。一部は焦げ、炎が鎮火せずに纏わり付いていたが、機能性は何ら失われている様子はない。

それどころかゴーレムは肉薄する為に、十字に腕を組み頭部を庇う。

こうなってはぶ厚い腕部ごと頭部を破壊するのは至難の業。ウォルムは床を踏み鳴らす巨脚に向けて次弾を放つ。巨軀《きょく》を支える柱のごとき脚ではあるが、関節部全てを分厚い砂岩で覆うことはできない。踵付近に着弾した火球は、存分にその効力を披露する。

炸裂《さくれつ》した地雷のようにゴーレムの片足を猛火が包み込む。

前のめりになったゴーレムは、鉤爪状の指を壁に食い込ませ、転倒の拒絶を試みる。それでも抜本的な解決には程遠い。

膝から下はぷらぷらと千切れ掛け、重量を支えるだけの機能を果たしていなかった。人間であれば負傷した仲間を庇うか、撤退もあり得るが、シンプルな命令しか受け付けない人造の魔物に望むモノではない。減った僚友と足並みを揃えず、ウォルムへと驀地《ばくち》する。物理的な解決手段を取る為に握り込んだメイスの柄は硬く、頼もしい重さが伝わってくる。

質量差のある相手に力比べで張り合うほどの男気はない。疾走を始めたウォルムは片手を突き出しながら戦棍を振るう。斧槍とは違い一歩、二歩と間合いの短い武器だ。必然的に距離が詰まる。

ウォルムを捉えるべく握り込まれていた指は開かれ、掌底の形に変わり一直線に迫る。鉤爪もそうであるが、腕部の棘に引《ひ》っ掻《か》かれれば、腕力に物を言わせて振り回される。細切れどころかミンチ肉に成りかねない。

失速することなく姿勢を急速に傾け、地面を蹴り上げる。

左側面に回り込みながら、突き出される腕部をウォルムは捌く。眼前には伸び切った無防備な腕が晒される。魔力を纏った《強撃》に加え、その用途を打撃に特化させた戦棍は、肘を破壊するのに適格な組み合わせであった。

「止めた方がいい」

細やかな忠告をゴーレムは受け止めず、羽虫を払うがごとく壊れた右腕を振り回す。

ひび割れ砕かれた肘は、その急激な動きに追従できず、遥か天井にその片腕を射出する。噴射推進器で放たれる腕のようだ。これがウォルム目掛けて飛んできたのであれば、度肝を抜かれていただろう。

哀れな腕は天井に真新しい傷を付けるだけに終わる。

胴部に巻き付けるように戦棍を構えたウォルムは、右膝を側面から叩く。片足の支えを失った土人形が手を突こうにも、右腕は無限の彼方《かなた》に旅立った。姿勢制御の限界を迎えたゴーレムは土埃《つちぼこり》を巻き上げ床に倒れ込む。残る腕で地面を摑もうとするが、戦棍が頭部を砕き飛ばす方が早かった。

腕同様に射出された頭部の行方を確かめる暇もなく、ぬっと背後から影が覆う。火球《ファイアーボール》により片足を失ったゴーレムが戦闘に追い付き、飛び込んできていた。

その場を素早く後にしたウォルムは大重量のプレスを免れる。地面と同類の残骸により、がりがりと研磨されたゴーレムであったが、まだ機能不全には陥っていない。背中に飛び乗ったウォルムは杭打機《くいうちき》のように戦棍を打ち下ろす。

確かな手応えと共に後頭部は大きくひしゃげた。それでも崩壊は始まらず、手は錆び付いたように不自然な動きで頭部を撫《な》でようとする。食い込んだままの戦棍を乱雑に捻ると、その抵抗も止み巨体は土に還っていく。

小高い砂場と化した足場から、ウォルムは気だるそうに下山を始めるが、トレッキングポール代わりのメイスがかつりと何かを捉えた。

「なんだ?」

先端で砂場をほじくり返すと、灰色掛かった黄色の中には相応《ふさわ》しくない光沢を見つける。拾い上げると覆っていた砂が零《こぼ》れ落《お》ち、その姿が大気に露となった。

「腕輪か」

特別なものではない。銀製の腕輪で、真紅草をモチーフにした意匠であった。手甲の下に装着できなくもないが、あまりにも可愛らし過ぎる。違う意味で注目を集めてしまうだろう。質屋に持ち込めば暫《しば》しの酒代には成り得るだろうが、その程度であった。

「……貢ぎ物にはちょうどいいのか」

プレゼントが高価過ぎては受け取り手も困惑する。ウォルムは指で転がすように触り、質を確かめてから魔法袋に仕舞い込む。もう少しばかり鑑賞を続けていたいところであったが、そうもいかない。迷宮の魔物は実に仕事熱心であり休み要らず。人間であれば実に兵士向きと言えよう。

「犬型のガーゴイル、それとマッドゴーレム。砂遊びの次は岩と泥遊びか？」

砂遊びで収穫を得たウォルムは、これから遊ぶ岩と泥にも淡い期待を抱く。砂場での宝探しは男の子の浪漫《ロマン》である。すっかり身に付いてしまった独り言に答える者など居るはずもなく、戦棍で来客の対応に追われた。

◆

愉快なご友人達と砂遊びを終えたばかりの傭兵は、衣服を手で払った。薄暗闇に薄茶の粉塵《ふんじん》が漂い、汗交じりの砂がざりざりと地面に落ちる。数度叩いたところで、ようやく無駄な苦労だと悟った。きりが無い上にここは迷宮の地下深く、入室前の身嗜《みだしな》みなど不要な魔境であった。

黒みがかった鈍い光沢を帯びた扉に、手のひらを押し当てた。金属特有の冷たさが火照った指先に心地良く伝わる。酷使により熱を帯びた足を動かし、ウォルムはすっかり馴染み深くなってしまった休憩室に入り込む。

ゴーレムやガーゴイルの見本市と化した階層を脱し、到達した深さは第二十五層。それでも道のりは順調そのものとは言えない。余力は残しているとは言え、これまで温存していた《スキル》や魔法も解禁を強いられた。

気だるげな視線のまま室内を探る。中層の限界点と呼ばれる階層だけあってか、休憩室で身を休めるパーティーはこれまでと比較にならないほど少ない。ウォルムを含めてもわずかに四組。道中で擦れ違った連中、地上で休養を取っている者も合わせれば、総数は跳ね上がるであろうが、それでも一種の区切り、中層の境界がこの休憩室にはある。

迷宮に潜り込むこと四日目。鋭敏さを取り戻しつつある感覚とは裏腹に、疲労は蓄積しつつある。一時の先住者と距離を取り、ウォルムは腰を落とした。胃が空腹を告げる一方で、開かれ続けてきた目蓋はその責務の放棄を訴える。

「あァー、どうするか」

優先すべき問題を天秤《てんびん》に掛ける。大層な言い回しではあるが、中身は実にくだらない。何せ寝てから食べるか、食べてから寝るかの違いだけであった。

一人決断を迫られるウォルムであったが、部外者の接近により中断を強いられた。立てていた片膝を支柱に、音もなく立ち上がる。休憩室に入る前に、過酷な仕事を終えた戦棍は魔法袋に収まり、古女房である斧槍は再び手の中にある。

抜き身の斧槍を垂直に回すと、石突きで床をかち鳴らす。そうして口も開かずに来訪者に目を凝らす。尚も接近する冒険者は、装備の上からでも実戦により培われた筋骨の発達が見て取れる。顔を隠し、立ち振る舞いだけを評価するなら、歳は二十代でも通用するであろう。尤も、深く刻まれた皺《しわ》や白髪交じりの頭髪は年齢を雄弁に語っていた。

装備はよく磨かれてはいるが、無数の細かい傷は嫌でも目に付く。関節部の擦れ具合からその戦闘の遍歴、特に迷宮での経験の長さが伝わってくる。腕は自然と腰に下げた剣から遠く配置され、向けられた手のひらは敵意が無いことを無言のうちで示していた。

「本当に一人で潜っているんだな。並のパーティーでもしくじれば、全滅も有りえる階層で大したものだ」

第一声は世辞から始まった。だが冒険者の顔には覚えがない。無用な探り合いに興じるほど、空腹で睡眠不足な人間の気は長くはなかった。

「何処かで会ったか」

「ああ、失礼。初対面だ。最近の奴には珍しく単独で迷宮を潜り続ける男が居ると、酒場で話題になっていてな。実際に目にしたものだから、気になって声を掛けてしまった」

「冒険者は噂が好きだな」

「確かなことはない稼業だ。交流と情報交換は冒険者にとって欠かせない。性《さが》みたいなものだ。許してくれ」

腫れ物扱い、それも遠巻きに探る他の冒険者よりは誠実だろう。年の功か、物言いも柔らかさを感じる。無下に追い払うのも気が引けたウォルムは、丁寧に追い払うことを決めた。

「見て分かると思うが、俺と交流しても碌な情報はないぞ」

「つれないな。言葉だけでは軽薄に聞こえるかもしれないが、迷宮の探索者として何処まで単独で潜れるか応援している」

吐かれた言葉の意図を察した冒険者は、素直に退散の態勢に入った。冒険者と言え、物分かりの良い人間はウォルムも嫌いではない。

「応援されるほど、大層な身じゃないが……ありがとう。そちらの武運を祈っている」

社交辞令を済ませたウォルムは立ち去ろうとする男の背を見送るが、冒険者は不意に足を止めた。そうして忘れ物があったとばかりに言葉を続ける。

「ああ、そうだ。名を聞いていなかったな。俺はファウストという」

「……ウォルムだ」

「ウォルムか、歳で物覚えも悪くなっているが、その名は覚えたぞ。また迷宮での再会を願っている」

休憩前の思わぬ出来事であったが、そう不快ではなかった。今度こそ満足したファウストは、仲間の下《もと》へと引き返していく。パーティーメンバー五人で押し掛けないだけ、実に気が利いていると言えるだろう。

背を壁に預けながら、再び迷宮の床を堪能《たんのう》し始める。腰の鬼の面が熱を持ち微かに震えた。振動の意図はウォルムへの呼び掛けではない。どうやらあの中老の男がお気に召したようだ。

「お前なぁ。好みの人間にならなら誰にでも震えるのか」

浮気性の面にウォルムが小言を漏らすと、鬼の面は怒りに高速振動を始めた。何とも熱く腰がむず痒《がゆ》い。まるで土から這い出たばかりの蟬《せみ》が腰に張り付いたようであった。

「冗談だ。やめろ。悪かった」

繰り返しの謝罪により、面の怒りはようやく沈静化した。全てはマント内での出来事ではあるが、やり取りを目撃されていれば迷宮に挑み、精神に不調を起こしてしまった者に映るだろう。

「ふ、ふっ、はぁ……疲れた。寝るか」

自身の間抜けな姿を頭に浮かべ、小さく笑みを浮かべたウォルムは、疲労感に身を任せることに決めた。どうせ口にするのは温かみのない黒パンや乾燥肉だ。多少惰眠を貪り、時間が経ったところでその味に差異はないだろう。

◆第三章　大迷宮とモグラ

贅沢《ぜいたく》な悩みではあるが、ウォルムの所有する魔法袋は、大型の背嚢《はいのう》一つ半から二つ程度の容量しか持たない。ハイセルク帝国時代から常備している必要物資に加えて、迷宮での消耗品、食糧が内蔵物の半数以上を占めていた。そこに迷宮での獲得物も合わされば消費した分を差し引いても、残る容量は十分とは言い難《がた》い。

休息、消耗品の補充、迷宮の収集物を売り払う為《ため》にウォルムは地上へと一時的に舞い戻った。オーク等《など》の食肉を処理する一角に併設された水浴び場で汚れと垢《あか》を洗い落とし、待機場に足を踏み入れる。

到達者が限られる中層以下の迷宮に潜っていたせいか、人混みが実に賑《にぎ》やかに感じてしまう。時に半身となり行き交う人々を避け、ウォルムは受付に顔を出す。

「おかえりなさい。今回は長かったようですね。何階層まで潜られましたか」

日々の受付業務を熟《こな》すリージィが作業の手を止め出迎えてくれる。取り出していた割り符を返却しながら、ウォルムは答えた。

「二十五層だ」

「それはまた、随分と深くまで。そうなると次は二十六階層ですね。その階層は斬撃や打撃系の攻撃が効き難《にく》い魔物しか居ません。ウォルムさんは攻撃魔法を使えますか」

幸いにしてウォルムは実用的な二属性の魔法を有しており、戦闘では遺憾なくその効果を発揮していた。

「風属性と火属性魔法が使える」

「攻撃的なその二種であれば、対抗手段は不足しているとは言えません。適性がないのであれば、お止めしたのですけれど。その様子だと、まだお一人で挑戦を続けるのですね」

言っても聞かないのでしょうね、とリージィは呆《あき》れ顔《がお》ながら、説得ではなく生存率を高める助言を問題児に施してくれる。一頻《ひとしき》り次階層の話を聞いたウォルムは素直に言葉を漏らした。

「悪いな。仕事を増やして」

「まあ、上層向けの受付から、それも単独で二十五層まで潜られる方は初めてですからね。業務内であればサポートもしたくなります。本当は冒険者ギルドに登録して、ギルドや私の評価に貢献していただくのが望ましいですが、無理強いはできません」

冗談交じりにリージィは恨み言を吐く。感謝の念と引け目を負うウォルムは、迷宮で拾った腕輪の存在が脳裏にちらつく。

「貢献はそうできないが、以前、貢ぎ物が欲しいと言っていたよな」

ウォルムは手探りで腰袋を探り、銀製の腕輪を取り出す。

「貢ぎ物とは、言葉が悪いですけどね……えっと、これは？」

「迷宮で手に入れたんだ。迷宮内で唯一咲く真紅草の花とはいえ、男が着けるには意匠が可愛《かわい》らし過ぎる。売っても銀貨数枚だろう。リージィには世話になってる。貰《もら》ってくれると嬉《うれ》しい」

ウォルムは静かに腕輪を受付台に置き、受け取りを催促する。頭を悩ましく抱えたリージィは、何とも小難しく表情を変え、声を漏らした。

「ふふっ、本当に貢ぎ物を持ってきたのは、ウォルムさんが初めてですよ……貢がれても職務内でしかサポートできませんよ？」

「ああ、十分だ。それだけで助かってる」

「それならば、貰っておきます。後で返してと言われても返しませんよ」

「努力はする」

腕輪を摑《つか》み上《あ》げたリージィは、まじまじと腕輪へと視線を落とし、表面をひと撫《な》でしてから仕舞い込んだ。

一つの用事を済ませたウォルムは手際良くカウンターを離れる。冒険者が屯《たむろ》する酒場ではないのだ。何時までも張り付いていては、業務妨害の誹《そし》りは免れない。要注意人物として出禁にされたら、笑えもしないだろう。

人々が絶え間なく往来する石畳の通路を抜け、青空の下に出たウォルムは、眩《まぶ》しさに目を細める。

前回地上に居た時は、双子月が夜を駆けていた。それが今や我が物顔の太陽が陽光を振《ふ》り撒《ま》く。

「迷宮に身体《からだ》が慣れ過ぎたな。これじゃ、まるでモグラだ」

日中に迷宮から戻ってきた人間は、光度の差により皆、顰《しか》めっ面《つら》に違いない。勿論《もちろん》、濁った眼《め》の傭兵《ようへい》とて例外ではなかった。日陰で目を順応させたウォルムはこれからの予定を立てていくが、思考は疲弊した身体に引っ張られてしまう。

手足は鉛のように重い。休息を求めて安宿に転がり込む甘い囁《ささや》きが理性を誘《いざな》う。しわだらけのシーツ、破れた掛け布団、かび臭い寝台、手の行き届いた素晴らしいサービスだ。今であれば魅力的ですらある。

「……いや、休むのは後だ」

ちょっとした苦悩の果てに、傭兵は踏み留まった。

迷宮都市で数少ない知り合いである武具商ロッズに、迷宮で収集した物品を売り付けなくてはいけない。収集物を売り払い得た硬貨で必要品を買い込み、中堅殺しと名高い次階層へと挑む。あの商店の良《い》いところは余計な詮索もせずに買い取ることだ。それも品を選ばない。高値こそ付かないが、それ相応の値段で買い取ってくれる。

「あの主人。隅っこの棚が、全部あなたの販売品になってしまいます、なんてぼやいてたな」

ワゴンセールのように詰め込まれた棚には、見覚えのある品々が所狭しと並んでいた。いっそのこと私が生産者です、と似顔絵でも貼り付けるか。真顔で考え込むウォルムであったが、己の提案を否定した。この世界でもクレーム対応など御免である。

「どうにも、落差で、テンションがおかしくなる」

つい先程まで、遥《はる》か足元で生存競争に勤《いそ》しんでいたのだ。それも人と碌《ろく》に話さぬまま四日も地下暮らし。それが今では、人を避けなければいけないほど混雑した都市の中だ。その乖離《かいり》に心身が追い付いていないのかもしれない。

「言うならば、ダンジョンハイってやつか」

死線を越えて日常に帰還したのだ。多少ハイになるのも無理はない。そのまま酒場で酒を詰め込めば、刺激注意の酔っ払いが生産されるのも理解できる。どうりで冒険者の喧嘩《けんか》が絶えない訳だ。くだらぬ冗談ばかりが浮かぶ。

「少し、歩くか」

理性的とは言い難い。興奮冷めやらぬ心身を、平和とやらに慣らす必要がある。商店への訪問を一先《ひとま》ず後回しにしたウォルムは、不意に進路を脇道へと逸《そ》らす。

最初はこれと言って目当てではなかった。頼ったのは鋭敏となった嗅覚だ。合理的ではない道順を巡り、身体が求める匂いをただ目指す。建物の隙間を抜け、大通りを横断、数度の分岐を経たところで、傭兵はお目当てのものを見つけた。小さな広場には、無数の露店がすし詰めとなっている。その殆《ほとん》どは、迷宮で産出されたある品を売っていた。

「……肉か、オークの」

ウォルムは露骨にげんなりした。言わずとも、ベルガナ大迷宮での携帯食の主流はオークの干し肉だ。今こうしている間にも、生産者達《たち》は薄暗い迷宮で、せっせとオークをしばきまわしているだろう。折角外に這《は》い出《で》たというのに、また、食生活を代用豚肉で彩らなければならないのか。

躊躇《ちゅうちょ》する思考とは裏腹に、空っぽの胃は窮状を強く訴える。葛藤の末に抵抗を諦めたウォルムは、露店を一つ一つ見て回る。しかし、その行動は浅はかであった。目敏《めざと》い串焼き露天商達は商機を逃すまいと、飢えた獣をこぞって誘う。

「旦那、その様子は迷宮帰りだろ。アツアツの飯なんて、久しぶりじゃないかい」

「うちで買っていきなよ。香辛料がたっぷり利いた肉は、絶品さ」

「串焼きって言ったら俺《おれ》の店だ。ぶどう汁の酸味のある味付けなんて、地下じゃ味わえない」

彼らは食欲を擽《くすぐ》るツボを、実に心得ている。

「そいつは、素晴らしいな」

なにより感心したのは複数の選択肢から選べることだ。

生焼けは当たり前、焦げ付きも灰被《はいかぶ》りも、ハイセルク流の串焼きにとっては味付けの一種だ。帝国で生まれ育ったウォルムは、ただ焼けば良いというハイセルク人の価値観は嫌いではない。

それでも、それでもだ。かつての世界で成熟した資本主義、それも自由市場がどういったものであるか、庶民生活の中で見知っている。それ故の満たされぬ苦悩を味わってきた。

「それで、どの店にするんだ」

店主の一言が、ウォルムに止《とど》めを刺した。消費者として選択ができる贅沢を前に、薄っぺらい理性は弾《はじ》け飛《と》ぶ。

「全部、買う」

「え、全部？」

「全部だ」

串焼き屋達が戸惑いを見せたのは一瞬である。

広場という区切られた戦場で、商戦の日々に明け暮れた猛者の動きは迅速だった。彼らはよく理解している。商機は手を伸ばさねば、与えられん。

我先にと自分の店に踵《きびす》を返した店主達は、代金と引き換えに串焼きを渡す。斧槍を露天の一角に立てかけ、両手いっぱいに串焼きを抱え込んだ傭兵は、次々と肉を頬張っていく。

「そんなにうちの肉は美味《うま》いかい」

「見事な食べっぷりだ」

「最近の冒険者は、オーク肉は飽き飽きだと美食に走りやがるからな」

大言壮語ではなかった。彼らは限られた食材の中で、味付けで、触感で、差別化を図っている。市場に於《お》ける競争、マーケティング戦略、消費者としての立場からそれらを味わう。迷宮で餓狼《がろう》と畏怖される傭兵の姿はそこにはなかった。いいところ餌を与えられた野良犬であろう。

「はは、やっちまったよ」

一頻り食べ終えたウォルムは、軽くなった硬貨袋をちゃりちゃりと持ち上げ悟った。恐ろしい。ダンジョンハイというのは、冒険者を容易《たやす》く惑わす。

「また、食べに来な」

満足感と後悔の狭間《はざま》で揺れるウォルムに反して、店主達は満面の笑みで焼き串を回収していく。

「……まあ、あれだ。たまには、こんな日があってもいいのか」

一つの教訓を得た傭兵は、気晴らしになったと言い訳を呟《つぶや》き露店を後にした。

◆

一週間の大半を迷宮で過ごし、消耗品の補充や拾得物の売却の時のみ地上に顔を出す。それがベルガナに於けるウォルムのライフスタイルである。同じく地下を謳歌《おうか》するモグラは、廃土と縄張り争いに敗れた時のみ地上に這い出るという。廃土を消耗品、縄張り争いを魔物に置き換えれば、両者は似たようなものであった。

癖の強い生活を過ごす傭兵であったが、その日の様子は少しばかり変わっていた。全身をすっぽりと外套《がいとう》で覆い足早に道を進む。

何かを悔い、人目を気にした具合である。その挙動は不審者そのものであり、関所の門兵にでも目撃されれば、忽《たちま》ち呼び止められただろう。モグラのように胃袋を半日も空にすると餓死してしまう残念な特性はウォルムにはないのだが、怪しまれても急ぐ理由があった。

狼狽《ろうばい》の末に馴染《なじ》みの店に辿《たど》り着《つ》き、扉を押し開けば聞き慣れたベルが響く。相も変わらず台帳との睨《にら》めっこに勤しんでいた武具商が面を上げた。傭兵がせっせと迷宮の資源を持ち込み、それなりの関係を築いた。今では要求せずとも無料のスマイルを振る舞ってくれる。

「おや、あなたですか。五日ぶりですね」

「帰ってきたばかりだ」

「今度は何を持ってき――」

すっかり恒例となった押し売りだが、この日ばかりは違った。恥じらいに頬を染める傭兵は、意を決し外套の中を披露する。隠匿されたソレが露《あらわ》となる。ロッズは言い掛けた言葉をごくりと呑《の》み込《こ》んだ。無理もないだろう。左腕の手甲はくの字に曲がり、留め金は全損している。胸当ても無様に凹《へこ》んでいた。

帝国兵時代からの一張羅が台無しにされたのだ。ウォルムとて焦りもする。

「珍しく、手痛くやられましたね」

「全損は免れたが、二十四階層の通路でゴーレム七体に囲まれた」

狭い通路でゴーレムという壁が押し寄せたのだ。火属性魔法と《強撃》で片っ端から粉砕、手甲で拳を受け流したまでは良かった。だが、酷使を続けた防具は遂《つい》に耐久限界を超えてしまった。

何故《なぜ》こんな数のゴーレムがと、理不尽な状況に怒りすら湧いた。

　砕き散らかした岩石製のゴーレムを検《あらた》め、本来は混じることのない肉片に納得する。何処《どこ》かの不運なパーティーが敗走の末に、魔物を集めてしまったのだ。恐らくは文字通り磨《す》り潰《つぶ》された。周囲を探ったが残る身体は何処にもない。迷宮に飲まれ消化されたのだろう。後味の悪さと行き場のない怒りは、すっかり悲しみへと変わっていた。

「この防具には少々愛着がある。直しを依頼したいんだが、難しいか」

　指で突けば、カウンターの上でくの字に変形した手甲が悲しく揺れ動く。ウォルムの悲痛な願いにロッズは唸《うな》った。

「これを、ですか。簡単な補修であれば私でも熟すのですが、鍛冶職人でなければ難しそうです。伝手《つて》はありますか？」

「悲しいが、さっぱりだ」

　当たり前のことを聞くなと、傭兵は言い切った。

「そのようですね。あなたには世話になっています。手工業組合仲間に紹介状を書きましょう」

　天板の下から筆記用具一式を取り出すと、つらつらと紹介状を書き上げていく。武具商は封蠟《ふうろう》まで施すつもりだ。普段であれば考えもしないが、情緒不安定気味のウォルムは天板の下に、どれほど物が詰まっているか気になってしまう。いっそ覗《のぞ》くか、と頭の中の魔物が囁く。

悪事を働く前にタイムリミットが訪れた。武具商は紹介状を完成させたのだ。

「エリオット、一仕事です。ウォルムさんをフランコの工房まで案内してきなさい」

在庫整理に勤しんでいた使用人が、飼い犬のような従順さで駆け寄ってきた。紹介状を手にしたエリオットは拳を上げて、意気込みを示す。

「任せて下さい、バッチリ案内してきますよ！　さぁ、行きましょう、傭兵の旦那」

使用人のやる気は十分だった。隠すように手甲を小脇に抱えたウォルムは、導かれるままエリオットを追っていく。都市に来訪して少なくない日数が経過したというのに、右も左も知らぬ場所ばかり。そんな地下に引き籠もりがちの傭兵を気遣ったのか、案内人は観光紛《まが》いの手引きをしてくれる。

「この辺は住居が多いんですよ。それも、無理に建てたような家ばかりだから迷路みたいになったそうで。近道にはなるんで、少しの辛抱を」

人が二人も並べば塞がる細い裏道を進んで行く。何処が私道と住居の境か判別が付かない。時折行き交う人々も、擦れ違いには慣れたものであった。肩を引き、道を譲ってくれた住民に小さく手を上げると、悪霊でも見たようにぎょっと目を見開く。

「ひぃ、っ⁉」

懐かしき癖が出てしまっていた。この世界に生まれ落ち順応と矯正をしてきたつもりであったが、人混みでの悲しき性は死んでも直らないらしい。擦れ違い際に粗暴な傭兵が手を上げれば、殴られると思うのがこの世界の常識である。

　更に意気消沈するウォルムであるが、エリオットはそんなことを露知らず案内を続ける。

「こっから道が広くなりますよ。あっちに進むと青果市場のある通りです。迷宮じゃ、野菜、果実は取れないですからね。ただこの時間は人だらけですから避けた方がいいです」

　太陽の位置は天頂に近い。

　夜も静まることを知らないベルガナではあるが、それでも日中の混みようは格別であった。迷宮帰りに何も知らないウォルムも巻き込まれたことがある。初見であれば人混みに懐かしさも湧くが、数度続けば辟易《へきえき》する。

「フランコさんの工房は、都市の中に走る河川沿いにあるんですよ。鉄を打つには、大量の水が要りますから。この川を辿れば目的地です」

「まるでガイドだな」

　称賛を以《も》ってエリオットを称《たた》える。慣れれば道案内ぐらいはウォルムにも熟せるであろうが、客を飽きさせずに引率するのは困難であった。

「よく使い走りを頼まれるので、都市中の道や裏路地に詳しいだけですって。あ、でも城壁外にあるスデーリンのスラムは別ですけど」

「危ないのか？」

　会話を繋《つな》げる為に、何の気なしに尋ねたウォルムであったが後悔した。

「侯爵様の常備兵だって近寄りませんよ。働けなくなった奴《やつ》とか、大昔の戦争で負けた奴とか、他所で悪さをした奴がごまんといます。来るものは拒まずって感じです。治安や景観、税がなんだって取り壊すって話が何度もあったみたいですけど、その度に流れて今に至ってますね。まあ、都市の住人がやりたがらない穢《よご》れ仕事を安くやってくれるんで、侯爵様も御目こぼししてるみたいですよ」

エリオットはあっけらかんとしていた。その口調には何の悪意もない。身分が落ちた者を一纏《ひとまと》めに集め、安価な労働力として体よく統制している。何処の国にも陽の当たらぬ陰は存在する。それは豊かな群島諸国でも例外ではなかった。

「それは知らなかったな」

動揺を悟られぬようにウォルムは間を置かずに答えた。

「旦那って意外に、気さくなんですね。もっとこう――」

傭兵は言葉に詰まる使用人の背を押してやることにした。

「無愛想に見えたか」

「あっー、いっけね。また怒られちまう……怒らないでくれよ。旦那はもっと寡黙な人だと思ったんだ」

「安心しろ。俺もエリオットは軽薄な奴だと思っていた」

「そりゃないぜ。やっぱ口が軽そうに見えますかね」

真剣な口調であった。都市を案内してくれた義理はある。故にウォルムも包み隠さず答える。

「そうだな。嘘《うそ》は言えない」

「ロッズさんにも、釘《くぎ》を刺されてばかりなんですよ。参ったなぁ」

「まあ、悪いことばかりじゃない。そのよく回る口は商人向きだ。少しは言葉を選んだ方がいいかもしれないが。信用と信頼は金じゃ買えない。一度失えば取り戻すのに苦労するぞ」

悩める若者は、素直に降参した。

「そうかぁ、どうすればいいと思います?」

「行動で示すしかないな、日々の積み重ねだ」

「案内人を任せられたのに、逆に助言を貰っちまった。傭兵の旦那なら商売人に職を変えてもやってけますよ」

「……そういう人生もあったかもな」

会話は不意に止まった。若者に散々偉そうに語った挙げ句、余計な言葉を漏らしたのだ。失態の尻拭いをどう付けるか逡巡《しゅんじゅん》するウォルムであったが、無用の心配となった。

「それで、さっきの続きなんですけど――」

不穏な空気を察したのか、エリオットは都市の案内という形で話を逸らす。良い案内人だ。失敗を糧《かて》にしていけば、人殺しが得意なだけの傭兵なんぞより立派な人間になるだろう。

「ここら辺は鍛冶屋が集まってるんです。で、長い煙突が伸びているがフランコさんの工房です」

河川沿いの平屋からは濛々《もうもう》と煙が立ち込める。周囲の建築物からも同様であった。

「道中退屈しなかった」

「そう思ったんなら、ロッズさんにもそれとなく褒めといて下さいよ」

「考えておく」

懇願する若者をウォルムは悪戯《いたずら》顔で焦《じ》らした。

開け放たれた鍛冶小屋の入り口からは熱気と煙が漂い、鉄を打つ心地よい音が響く。

「エリオットです。ロッズさんからの紹介状持ってきましたァ!!」

良く通る声はけたたましい鎚《つち》にも負けていない。だが鍛金の拍子は狂うことも、止まることも知らない。心配になり佇《たたず》む使用人へと耳打ちした。

「聞こえているのか？」

「作業の邪魔をすると、怒られちまいます。聞こえてればそのうち——」

「……止まったな」

「入って大丈夫ですね」

ひょこひょこと歩くエリオットに続き、開け放たれた工房の敷居《しきい》を跨《また》ぐ。

鍛冶屋らしい耐火を意識した石造りの建物だった。煤《すす》や灰が天井や壁に貼り付き、幾層にも重なった模様にも見える。中ほどまで進むと男が無愛想に出迎えてくれる。足腰に比べ肩回りは一回り太い。人生の過半、熱を浴び続けたであろう肌は、分厚く黒ずんでいた。

「エリ坊はまたお使いか」

「作業中にすみません！」

「いい。ちょうど、手を休めるところだった」

額に溜《た》まった汗粒を拭った鍛冶職人は、無言で手を差し伸べた。握手の類いではない。

「こちらです、どうぞ」

鍛冶職人の意図を汲《く》んだエリオットは己の役目を果たす。紹介状を一通り読んだフランコはじっと傭兵を値踏みする。正確には防具に刻まれた傷という遍歴を読み取っているようであった。

「こりゃまた、随分と使い込んだな。そいつを渡してみな。着てるやつもだ」

ウォルムは素直に指示に従った。最初に曲がってしまった手甲、残る防具を脱いだ傍《そば》から渡していく。

「見た目は悪いが、赤錆《あかさび》はないな。最近の奴らは手入れを怠って中を朽ちさせる奴が多い」

フランコは、損傷と素材を確かめながらぶつぶつと自問自答を繰り返す。

「胸当ては裏から叩《たた》けば直る。手甲はオリジナルの部分はなるべく残すが、それでも部品の幾つかは新造だ。色を似せて塗料を塗り直さにゃならん」

「どのぐらい掛かりそうだ」

「作業だけで十日は掛かるだろうな。その前の仕事もある。二十日後ってところだ」

「無理を承知で聞くが、短くはならないか」

「適当な仕事はできない。品質を落とせば評判に関わる。信用できる組合員に幾つかは仕事を分担して頼み、寝食以外の時間を注ぎ込《こ》んで五日ってところだ。だが、そこまでする意味があるのか？　待てば中金貨一枚だが、早めればその三倍は掛かるぞ」

「人を動かすんだ、金額は付き物だろう。事情は明かせないが、時間がないんだ。無理を言って申し訳ないが、どうか仕事を引き受けてくれないか」

　十中八九は断られるだろうか。一縷《いちる》の望みを掛けて頼み込んだウォルムであったが、その予想は覆された。

「……そこまで考えているなら。分かった。全力で直してやる」

　あっさり仕事を引き受けた鍛冶職人は物事のからくりを披露した。

「ま、その様子じゃ知らんだろうが、こちらも世話になってる。ここ最近ロッズから流れてくる鉄の多くは、あんたが迷宮から持ち帰ったやつだ」

　指摘されれば、何処か見覚えのある鉄屑《てつくず》が鉄床《かなとこ》に転がっていた。真っ二つになった剣は、持ち主であるリザードマンごと《強撃》で切断したものであった。

「初耳だ……なるほど、知らないのは俺だけか」

「き、聞かれたら答えてましたよ？」

　エリオットの顔色を探れば、居心地悪そうに身を捩《よじ》る。

　単純な話だ。顔合わせこそ初めてだが、知らず知らずのうちに繋がりを深めていたらしい。仕入れ先に販売先を教えるのを渋った訳ではない。使用人は道案内に夢中になって繋がりを伝え忘れたのだ。

驚く傭兵と慌てふためく若者に満足したのか、フランコはこの日初めて笑った。

「地産地消ってやつだな。仕入れ先からの仕事だ。期待しててくれ」

◆

ギルドと称される組織は大陸の広域に根付く。

それは隔絶した国力を持つ三大国のうち、森林同盟と群島諸国にも広がりを見せていた。一見すれば途方もない巨軀《きょく》。だが内情を知る者に言わせれば、その実態は虚像であり、正体は群体だ。形上の総力は侮り難い。だが、行使できなければ張り子の虎同然であった。各地に支部という拠点を持っていても、それは現地に根付いた物であり人々なのだ。

地方領主や地域の指導者の意向には逆らえず、本部からの命令に理不尽があれば支部は抗議の末に拒絶する。強固な組織とはとても言い難い。閉鎖的な国家や三大国の一角である共和国では、反乱や富の流失に繋がるとされ、ギルドは悉《ことごと》く締め出されていた。

総評すれば緩やかな連帯を持つ共同体。それでも国境を越える組織は、個人にも組織にも都合が良い。存続が脅かされなければ戦争や紛争には関わらない中立姿勢も、組織の拡大に繋がる一因であった。

ギルドの組織構造は大きく二分される。軍事力の象徴である冒険者ギルド、そして経済力を担う商人ギルドであった。商人ギルドは都市間の相互扶助、経済的利害の調整を目的としている。更にその下部組織、都市や街ごとの零細手工業者同士の利害を調整するのが手工業者組合である。

そんな吹けば飛ぶ弱小組合の会合に武具商ロッズは参加していた。製品価格、賃金、品質検査など重要な制約は当の昔に定められ、極端にあくどい商売をしなければ違反しようもない。会合の主たる役割は情報交換と親交を深める場所へと、形骸化して久しい。

「当主のオディロン・ド・メイゼナフ伯爵こそ領地に逃げ延びたが、一門衆や家臣の身代金《みのしろきん》でメイゼナフ家の財政は火の車だ。見捨てれば寄子《よりこ》の離反を生む。領地や権利の切り売りをしているそうだが、立て直しに数十年掛かるだろう。ま、しぶとく破産しないのが奴らしいところではあるんだが」

都市外の流通、その細やかな一つを支える商人は不機嫌に言った。このところの主な話題と言えば、ダリマルクス領で本格稼働したカロロライア魔法銀鉱《ミスリル》である。迷宮を抱えるベルガナも、万能の鉱山とは言い難い。魔法銀の産出こそあれ殆どが運頼り、それも個人消費の域を出ない。

「エドガー・ド・ダリマルクス子爵はよくやったよ。捕虜の奴らを上手《うま》く鉱山夫に仕立て上げた。

金のある奴は解放されて、残りは自由を餌に労働者となった」

「そう上手いことといくのですか」

ベルガナで武具の卸売りを生業とするロッズではあるが、迷宮都市外の出来事や人には疎い。心を持つ人間をそう簡単に使役できるのかと、疑問があった。

「そこは飴《あめ》と鞭《むち》ってやつだ。区画ごとに責任者を決め、作業が早く終われば労役の短縮と望む品物が与えられる。逆に工程通り進まなければ使役の延長だ。脱走や反乱を企てた奴を密告しても、褒美が出るそうだぞ。分断して仲間同士で監視させ合う。何ともまぁ、よく考え付くもんだ」

「あのダリマルクス家にしては、悪辣な手法ですね」

ダリマルクス家は長年メイゼナフ家の風下に立ってきた。現当主であるエドガー子爵には多少の人望こそあれ、傑物の類いとは言い難い。経済、軍事両面で後塵《こうじん》を拝してきた彼らが、一朝一夕で捕虜と鉱山の運用を熟すとは驚きであった。

「なんでも北部諸国で国が滅んだやつらを取り込んだらしい。確かハイセルク帝国、だっけか。ギルド支部の活動すら拒む経済音痴の連中だったが、人の使い方はよく心得ているぜ」

国家の滅亡と分裂を繰り返してきた北部諸国であれば、後ろめたいノウハウを抱えていたとしても不思議ではない。領土が北部諸国と接するダリマルクス家は、そう言った手合いを拾い上げたのだと、ロッズは納得した。

「本島の連中にも泣き付いたようだが、落ち目のメイゼナフ家に味方するはずがねぇさ。あの手この手でオディロン伯爵に取り入ってた奴らは大損だ。俺も、害を被《こうむ》っちまったよ」

　皮肉屋である商人の不機嫌は、商売ルートを失った故だろう。

「そこで、だ。上客を捕まえたんだろ。紹介しろとは言わねぇ。もっと品物を得られないか？　ただとは言わねぇさ。なぁ、昔からのよしみだろ。頼むぜロッズ」

　損失を少しでも補塡する為だろう、泣き付く商人への返答にロッズは窮した。

「あまり強請《ねだ》るな。あの傭兵には無理だ」

　助け舟を出したのは、先日武具商が紹介状を渡したフランコであった。

「なんだ、フランコの親父《おやじ》、知っているのか？」

「防具の修繕でロッズから回ってきた。相当の変わり者だ。数打ちの手甲や胸当てはぼろぼろ。本当は新調した方が手間も暇も掛からねぇ。だが、修繕に拘《こだわ》りやがる。それも短納期だ。最短で仕上げてもいいが、通常の三倍の代金が掛かるって断ろうとしたんだが、すんなり首を縦に振りやがった」

「そいつは、変わってんな。使い慣れた防具が変わるのを嫌ったのか」

　些細《ささい》な差異すら嫌うのは手練《てだ》れの冒険者によくある拘りであった。武具の違和感は迷宮で生死を分ける。だがロッズにはそれだけの理由には思えなかった。それは仕事を請け負った鍛冶職人も感じ取っていた。

「それもあるだろうが、あれはトロフィーみたいなもんだ。残った過去の繫がりを捨てたくねぇとか、そんなところだ。ま、悪く言ったが金払いは渋らねぇ。職人が気持ちよく仕事をさせるコツを弁《わきま》えてやがるよ。結局倍にまけちまった」

「あんたも、気に入った奴には甘いねぇ。工房をもっとでかくしたくはないのか」

「今でも鍛冶仕事以外は煩わしいのに、これ以上の面倒なんざ御免だ」

「ま、その面倒な手間で俺は稼げてるんだ。文句はないさ」

フランコのように一芸に秀でていなければ、手間や苦労で稼ぐしかない。求められる物を、求められる場所で売る。単純故に奥が深い。商機を逃さぬ嗅覚は易々《やすやす》とは培われない。日々積み重ねるしかないのだろう。改めて商売人としての初心を振り返るロッズであったが、呼び声で現実へと帰った。

「あの傭兵、修繕した防具を渡す際に、お前にも礼を言ってた」

「それは嬉しいですね。紹介した甲斐《かい》がありました。内心、揉《も》めたらどうしようと」

「ふん、頑固者同士、ぶつかると思ったか」

鍛冶職人は火仕事で分厚くなった目蓋《まぶた》を半ばまで伏せ、武具商を睨む。返答に窮したロッズは曖昧な笑みを浮かべると、思い出したとばかりに鼻掛け眼鏡を拭く。時には沈黙が正しいこともある。幸いにして追及は免れた。

結局、会合は相も変わらず定例連絡ばかりで、情報交換という組合員の雑談が主たるものとなった。

◆

空気は寒気を覚えるほどに冷え込み、閉鎖空間特有の淀《よど》みがその部屋に滞留する。そんな薄暗い一室で、ジーゼルは手下からの報告を受けていた。

「標的の情報を整理すると、決まった寝床を持たず安宿を転々とし、大半は迷宮で寝泊まりしています。地上での食事も決まった店で取らず、酒場にも売春街にも姿を見せていません」

ジーゼルは指で机を叩き鳴らす。

街に潜らせている目は多岐に亘《わた》る。自身が情報源であると認識すらしていない人間も多く含まれていた。売春街、酒場、宿と言った安い情報元から、確度の高い情報源である商店、一部はギルド内部まで及ぶ。それがどうだ。たかだか流れ者一人の行動すら満足に把握できずにいる。

「つまり迷宮籠もりで、地上での動きもふらふらしていて行動が分かりませんでした、か？」

ジーゼルの呆れ混じりの声に、手下は慌てて言葉を取り繕う。

「申し訳ありません。迷宮内で寝泊まりをされると、如何《どう》にも監視が継続できずに」

役立たず共を蹴り飛ばすのは簡単ではあるが、不本意ながらも一理はあるとジーゼルも認めざるを得ない。地上とは異なり、迷宮内での人間の密集は好まれない。監視する人員を手配しようにも、階層を重ねれば重ねるほど魔物との戦闘は必須。戦闘員の消耗、標的に悟られるリスクも高くなる。

「今は何処まで潜った？」

「単独で二十五階層まで」

「忌々しいな……社会性が著しく低く、単独で我を通す人種か。迷宮で寝泊まりしているとなると、相当に警戒心も強い。行動の特定も困難。色街や宿で寝首を掻《か》くのも、酒場で毒殺も狙《ねら》い辛《づら》い」

　幾ら腕っぷしが強い人間でも、三大欲求を満たす時間は警戒心が緩むことをジーゼルは心得ている。これまで数え切れないほどの標的をそうして処理してきた。そんな経験上、欲に囚《とら》われない浮き世離れした人間というのは、実に面倒な相手である。

　素性を完全には掴めぬとも、北部諸国製の防具から亡国の兵士には間違いない。ハイセルク帝国は戦乱の果てに滅亡したとは言え、地域社会は残存する。そこから単独で脱するのは、大体が犯罪者や嫌われ者、富と名声を欲する強欲者が殆ど。だが、ジーゼルの標的である元ハイセルク兵はそのどちらにも当てはまらない。

「そもそも単独で迷宮に身を投じる必要性は無い。余程、協調性に欠けるか、融通の利かない偏屈な奴だ。傭兵に有りがちな女や酒にも興味無し。心身を律する自制心を持ちながら、その割に単独で迷宮に挑み続ける無謀さ。頭が回らない訳でもない……死にたがりか？」

ジーゼルは報告の断片から人物像を考察していく。

死に場所を求め、迷宮を訪れる者は少なくない。家や領地を失った貴族や騎士崩れ、自棄《やけ》になった将兵に多い傾向であった。思案に耽《ふけ》るジーゼルであったが、薄暗闇からの声に分析を中断した。

「求道者に近い物を感じるのう。はたまた破滅主義か。何にせよ、行動理念に祖国の滅亡が影響を及ぼしておるのは間違いあるまい。この手の人間に短絡的な襲撃は悪手、儂《わし》の手勢を使え」

「良いのか翁《おきな》？」

「概《おおむ》ね素体集めは終わっている。今は手すきだ。それに、この情勢下で取りやすい手練れの身体は惜しい。迷宮潜りの耳長《みみなが》や髭面《ひげづら》も腑《ふ》抜《ぬ》けているとは言え、奴らは殺し難い」

復讐《ふくしゅう》の手助けを兼ねた素材集め、どちらに重きがあるかは微妙な塩梅《あんばい》であろう。ジーゼルの育ての親である翁もまた、復讐に身を捧《ささ》げている。その根の深さと執念は己の比ではない。

「そうかい。なら有難《ありがた》く借り受けるぜ」

仇《かたき》の取り方に拘るほど潔癖ではないジーゼルは部下に命じ、情報を伝達する。要はどんな形であれ死ねばいいのだ。標的の心臓が止まり、朽ち果てれば愚かな弟への義理は十分であった。

◆第四章　愉快な奈落暮らし

　ベルガナの迷宮において中層と下層を分け隔てる第二十六階層は、良くも悪くも冒険者の間では話題が尽きない。下層には豊富な鉄資源、希少な鉱物や薬品の原材料など、中層以上では安定して得られぬものばかり。都市全体の富に直結するそれらを持ち帰るパーティーは一流と称され、彼らは権力者が競って囲い込みを狙う存在であった。一種の到達点、分かりやすい成功者だ。

　その上澄みの陰で、下層に定着を果たせなかった者も多い。新進気鋭の才人も、満を持して踏み込んだ老成円熟の古株も口を揃《そろ》えて嘯《うそぶ》く。

『あんなところ人間の行くべき場所ではない』と。

　彼らは損得勘定のできる正常な人間であった。下層が齎《もたら》す利益と損失を天秤《てんびん》に掛けた上で、自らの技量では釣り合いが取れぬと身の丈にあった判断を下した。

　撤退を選んだ敗走者は羨望と皮肉交じりで評す。下層に好き好んで潜る奴《やつ》らは、人らしい人ではない。精神性であれ、肉体的にであれ、何かしら人の平均を逸脱した者達《たち》だと。気取った言い方を解せば、下層に挑む者は底なしの迷宮馬鹿なのだ。常人ならば死という壁が迫れば、理性や常識というブレーキを無意識に掛けてしまう。

「わらわら、来やがって‼」

そんな事情も露知らず、目出度《めでた》く奇人変人の仲間入りをしたウォルムは、下層に巣くう魑魅魍魎《ちみもうりょう》から熱烈な洗礼を受けていた。魔力を練り上げ射出された火球《ファイアーボール》は、内包するエネルギーを解き放った後も燃焼を続け、薄暗闇を暴く。

《鬼火》と比較するとその範囲も持続性も矮小《わいしょう》な火球ではあるが、瞬間火力だけに限れば勝っていた。当然、防御行動や地形による影響を受けずに火球が直撃すれば、甲冑《かっちゅう》を着込んだ騎士ですら行動不能に陥る。

事実、ウォルムが会敵時に狙った魔物の一体も火に巻き取られ床で燻《くすぶ》り沈《しず》む。それでも残る魔物は踊り狂う炎の波間を抜け、ウォルムへ接近を果たしていた。火光により浮かび上がったのは金属鎧《よろい》、ロングソードの刃が炎により怪しく光沢を帯びる。外見こそは古典的な騎士の出で立《いた》ちであったが、中身は碌《ろく》なものではない。

何せ人として在るべきはずの頭部はすっかり失われている。

首無し騎士《デュラハン》、そのうちの一体を討ち滅ぼしたウォルムだが、残る二体は依然として健在であり、生者を屍《しかばね》に変えようと熱《いき》り立《た》つ。

「首がない奴は嫌いだってのにッ」

人型魔物の弱点である掻《か》き切《き》るべき首も、砕くべき頭蓋も存在しない。効果が望めぬ刺突による牽制《けんせい》を放棄したウォルムは、左腰を捻《ひね》りながら斧頭《おのがしら》を背中に回す。溜《た》めという助走と魔力を帯びた斧槍《ふそう》は鎧すら断ち切る。当たればという注釈付きであったが。

《強撃》による振り上げに分が悪いと判断したデュラハンは、床に踵《かかと》を打ち付け急速に速度を殺す。穂先が鎧に縦傷を刻み、金属の表面を削り取るがそれまでであった。ウォルムが大層なヤスリ掛けに励む間に、二体目の首無し騎士は飛び込んでくる。特徴的な姿勢は何処《どこ》か奇妙であった。

ロングソードは刺突の動作で肩上に携えられているが、極端に肘が引き込まれている。その意図は単純明快。喉や頭部と言った急所を庇《かば》う必要のない魔物が、合理化の末に編み出した攻撃偏重の構えであった。

斧頭で刃を正面から逸《そ》らすが突進の速度は緩まない。愚直に付き合えば良くて至近での鍔迫《つばぜ》り合《あ》い、下手を打てば柄ごと押し斬られる。

ウォルムは斧槍から伝わる打突を利用してその場から飛《と》び退《の》く。お礼を兼ねて離れ際に追撃をしようにも、一体目のデュラハンが体勢を立て直して行く手を阻む。

「随分、仲良しだな」

頭がない癖に連携するだけの知性を宿す。実に理不尽な存在であろう。不規則にステップを刻み、回り込みを狙うが、デュラハンは嫌らしい距離感を保ち、フェイント交じりのやり取りを交わす。

騒音により魔物が集まれば更なる劣勢は免れぬ。ウォルムは出し惜しみするつもりはなかった。

攻撃魔法という見せ札をちらつかせ主導権を握り相手に選択を強いていく。これ見よがしに魔力を練り上げ形成し始めた火球に対し、デュラハンは即座に左右に分かれて間合いを詰める。

一網打尽のリスクを避け、至近で魔法の行使を躊躇《ちゅうちょ》させるのが狙い。攻撃魔法を持つ魔導兵に対する定石であった。尤《もっと》も高い火属性適性を持つウォルム相手に最善手とは言い難《がた》い。自身を中心に炎風を渦巻かせる《鬼火》は、言い換えれば己を巻き込む《スキル》だ。渦巻く蒼炎に魔力膜が耐えられなければ焼身自殺と変わらない。

左側面へ回り込む標的へと発現させた魔法を撃ち込む。

暗闇に順応した目にとっては閃光《せんこう》に等しい輝きを放ち、火球は爆《は》ぜる。火炎が石畳の上を躍り、衝撃が魔力膜を掻き回す。熱さこそ肌に生じるが、爆傷も火傷《やけど》もない。耳元で盛大にクラッカーを鳴らされた程度の影響であった。

炎の切れ間から影が浮かぶ。

足元へ至近弾を受けたデュラハンの惨憺《さんたん》たる姿が露《あらわ》となった。缶詰を小槌《こづち》で無茶苦茶に抉《こ》じ開けたように鎧は拉《ひしゃ》げ、中身は零《こぼ》れ出《で》ている。首無し騎士の一体は藻掻《もが》く暇もなく戦闘から退場した。同胞により貴重な時間と間合いを稼いだデュラハンは、身体《からだ》ごと抛《なげう》つ形で刺突を繰り出す。人間であれば急所への反撃を考慮しない自傷的な一撃ではあるが、明確な急所を持たないデュラハンが使えば厄介な一手へと変わる。

一つ、二つと間合いを数え斧槍を繰り出す。ロングソードの剣先が斧頭に接触。金属が擦《こす》れ合《あ》う耳障りな高音と共に、剣身を左上方へと逸らす。危機はまだ脱していない。甲冑の重量を利用したショルダーチャージが迫る。

「っ、てぇえ」

斧槍の柄を水平に突き出し、デュラハンの肩に押し当てた。鈍い衝突音の末に突進を抑え込むが、膂力《りょりょく》差によりじりじりと押し込まれていく。人外相手に力比べをする気はさらさらなかった。ウォルムは不意に足先の踏ん張りを緩める。迫り合いの為《ため》に前方に自重を掛けていた首無し騎士は、前のめりとなった。傾いた重心の釣り合いを取る為に上体を持ち上げる。

当然、崩しを狙っていたウォルムはその隙を見逃さない。

半ば身体を擦り付けながら小脇を抜け、穂先の根元から伸びる枝刃をデュラハンの脛当《すねあ》てへと引っ掛ける。内膝という突起部を起点に、まるでポールダンスのように小さく弧を描きながら遠心力で柄を引く。

手応えは十分。

ぶつりと人間の名残である十字靭帯《じんたい》と半月板を断ち斬る感触が柄越しに伝わる。先程までの精細な足取りは、見るに堪えないものへと変質した。機動力の支柱を失ったデュラハンは振り向きざまにロングソードを払うが、全身が連動せぬ酷《ひど》い手打ち。見え透いた悪足掻きでしかない。

止まることなく背後に回り続けたウォルムは、最上段に構えた斧槍を振り下ろす。魔力を流し込んだ《強撃》は、甲冑ごとデュラハンの肩から腰を斬り結ぶ。

「まだ動くのかよ……いや、流石《さすが》に死んだか」

真っ二つとなった身体は落下した先の地面で数度跳ねるが、抵抗もそこまでであった。電池の切れた玩具のように動きは次第と緩慢となり、完全に機能を停止させた。

溜まっていた疲労ごと短く息を吐き、乱れた呼吸を整える。五感を総動員した索敵を行うが、まだ敵は駆け付けていない。ウォルムは念の為に首無し騎士の脇を斧槍で突き、未練がましく握られたロングソードを蹴り飛ばす。

そうしてようやく片膝を床に付けた。葬ったばかりの遺骸を漁《あさ》る。取ってつけたような腰袋の中には、銀貨を始めとする硬貨が数枚収まっていた。

「甲冑は当然無理として、剣でギリギリ、か」

収集物を詰め込んできた魔法袋へと手首を差し入れれば、妙な抵抗感と反発が肌に伝わる。貴金属や魔石、値打ち物を優先して拾い上げてはいたものの、個人用途の域を出ない魔法袋は収納限界に近い。

この先、嵩張《かさば》る収集物を手に入れたとなれば、何かを捨てなければ持ち運べないだろう。装飾品や硬貨程度であれば別であるが、重量物を背負えば動きは鈍化し、精細さは失われていく。

焼き払ったデュラハンから散らばった硬貨を拾い集めたところで、門限が訪れた。金属ががちゃがちゃと擦れ合う音がウォルムの耳に届く。奇怪なチャイムの正体は、迷宮を徘徊《はいかい》する新たな首無し騎士の一団に違いない。

「時間か、死んでも勤勉な奴らめ」

こんな地下深くでまで時間と行動を管理されるなど御免であった。個人の自主性を尊重して欲しいとウォルムは内心でぼやく。会敵範囲にはまだ姿を見せていない。大まかではあるが回収を済ませた。長居は無用と足早にその場を後にしていく。

受付嬢の助言通り、第二十六階層以下はデュラハンを始めとする厄介な特色を持つ魔物ばかりで構成されていた。

表面が毒液と毒針で保護されたポイズンワーム、生命力と再生力が高い強靱《きょうじん》な触手を持つキラープラント。これらは複数体と真面《まとも》に組み合えば消耗必至の相手であり、中層を脱するまで温存していた魔法の集中投入は避けられない戦況であった。

「っふぅ、死んでもタチが悪い」

手のひらで口元を押さえ、耐え難い刺激臭に目を細める。

篝火《かがりび》と化した巨虫の死骸から漏れ出した毒液が蒸発。ただでさえ地下空間特有の澱《よど》んだ空気を一層汚染していた。肺腑《はいふ》に吸い込み過ぎれば麻痺《まひ》や痙攣《けいれん》といった中毒症状を齎す。

収集物の主な売り払い先となっている武具商ロッズによれば、適切な採取・処置により強力な麻薬性鎮痛薬にもなるそうだが、毒針と毒液で汚染された虫の身体を解体するほどの装備も技術もウォルムは持ち合わせていない。

もう一方のキラープラントは植物特有の生命力と蔓《つる》で、物理攻撃に強靱性《きょうじんせい》を示す。前衛役を苦しめる半人型の不定形な魔物ではあるが、その弱点も植物から正しく引き継ぐ。人で示せば胴体に位置する幹を爆炎で吹き飛ばせば、すっかり大人しくなった。

毒虫から距離を取りつつ、キラープラントの焼け落ちた触手の一本をまじまじと見つめた。焦げた表面には無数の棘《とげ》が残る。鎧に張り付き、肌を抉《えぐ》り血液を吸い出す。それが吸血植物であるキラープラントの攻撃方法であり、食事の作法であった。

ウォルムは腰のナイフを抜く。魔物の解体は避けてきたが、この暴れん坊な植物は別であった。触手を半長靴で踏み付け棘をナイフで削《そ》ぎ落《お》としながら、手頃な長さにカットする。真緑の触手を掴《つか》み頭上に掲げると、切断面から白濁した液体が流れてくる。迷いなく汁を口で受けた。

「……あッっま。噂《うわさ》通り強烈だな」

砂糖の原料となる甘蔗《かんしょ》の汁の糖度を増し、粘度を高めたような味わい。甘味を口にする機会がないウォルムにとっては、最上の甘さ。富裕層の間でも重宝される調味料や医薬品の材料にもなり、キラープラントの需要は実に高い。

口に放り込みがじがじと甘噛《あまが》みを繰り返す。舌先に絡む猛烈な糖は栄養不足の身体に染み渡り、その甘露に脳はくらくらするように痺《しび》れ、歓喜している。

空気が毒で汚された場所でなければ、念入りに味わっていただろう。更に一本、手早く皮を剝《む》いたウォルムは、甘い液を小瓶に搾れるだけ搾り、嚙んでいた触手と共に残《のこ》り滓《かす》を迷宮に投棄した。片付けは迷宮が自動で行ってくれる。後腐れがなくて結構であった。

ささやかな軽食を楽しんだウォルムは、階層を深める為に階段を探す。現在は第二十八階層に達し、あと二つ階段を下れば休憩室がある。手にこびり付いた白い汁を振り払い索敵に意識を払う。まだ見ぬセーフルームに想《おも》いを馳《は》せたところで、害はあっても益はない。幾つもの通路を抜け部屋を掃討、そして新たな小部屋に入り込む。ウォルムは念入りに辺りを探る。徘徊型の魔物であれば気配も察知しやすいが、陰湿なキラープラントは瓦礫《がれき》の下や天井に潜んでいることがあった。

奇襲を許して蔓に絡め取られれば、四肢の自由を奪われ血液を吸い取られてしまう。キラープラントから甘味を搾ることは好きでも、その逆など御免であった。踏み込んだ部屋の損傷は軽微であり、隠れられるような隙間はない。見るべき物のない小部屋を去ろうとするウォルムであったが、通路の先に何かが佇《たたず》む。

「デュラハン……？　いや、兜《かぶと》を着けてる」

首無し騎士が兜を着けているはずはない。その上、一つの胴体から腕が四本生え、剣と盾をそれぞれ二つずつ握り締めている。情報を探るウォルムはその魔物の名を口にした。

「ドールスライム、か」

鎧や人形に入り込み、意のままに操るスライム。初遭遇の魔物であり、未知の相手には火力こそが有効な解決手段であった。魔力を練り上げ火球の形成を急ぐ。弱点たる火を前にしたドールスライムの反応は劇的であった。

その半軟体の身を震わせ、擬似声帯により金切り声を上げたドールスライムは、甲冑の隙間から液体を噴射させる。構わず火球を撃ち込んだウォルムであったが、直《す》ぐに失敗を悟った。

「速いっ⁉」

攻撃と思われた水流はドールスライムの触腕であり、まるで水面を滑るように地を這《は》う。粘液の身体は摩擦を軽減させ、高速移動を可能としていた。水属性持ち特有の水面歩法に近い。真面な人間であれば為《な》し得《え》ない初速と角度でドールスライムはウォルムへと飛びかかる。

斧頭を叩《たた》き下《お》ろし迎え入れるが、ラウンドシールドを二つ重ねた防御を一枚破ったところで受け止められた。破片が舞う中で間合いを詰めたドールスライムは、左右同時にショートソードを繰り出す。

一撃目を見切り、二撃目も上半身の捻りで躱《かわ》したところでウォルムは驚きに目を剝く。当然のように甲冑の肘が回転。その軌道は真反対へと向く。

「つう、ぅ‼　上等だ。軟体野郎」

甲冑を着込んでいても中身は軟体、経験則からはあり得ない角度で剣が迫る。石突きを咄嗟《とっさ》に当てたとはいえ、頰からはじくりと血が滲《にじ》む。魔力膜で出血を抑え込んだウォルムは無心で斬り合いに興じる。

関節部は人と比べられないほどに柔軟。だが変幻自在と宣《のたま》うには甲冑という外骨格が邪魔していた。手数こそ多いが、熟練者が操る武具の精度には程遠い。初見殺しさえされなければ、嫌でも目が慣れる。剣と斧槍の迫り際に板金製の指を斬り潰し、ショートソードを零れ落とさせる。

ラウンドシールドの打ち払いも二度目の《強撃》には機能を果たさなかった。手元に唯一残っていたショートソードは斧槍の枝刃で絡められ遥《はる》か彼方《かなた》へと飛び去る。武器という対抗手段を失ったドールスライムは、甲冑の隙間という隙間から薄水色の触腕を吐き出す。広がったそれはまるで光を透過する純白のレースカーテンのよう。

「いいのか」

水が織りなす自然芸術を披露されたウォルムは敢《あ》えて避けなかった。

窒息を狙っての行為であるが、こと傭兵《ようへい》相手には無駄手間を省く行為にしかならない。瞬時に形成された不定形の炎は練り上げが不十分であり、本来ならば低温の虚仮脅《こけおど》し。だが、外殻たる甲冑から漏れ出た軟体生物には耐え難い一撃となった。纏《まと》わり付いた触腕は揺れる炎で溶け落ち、蒸発していく。薄く広がったことで、随分と火の通りが良《い》い。

「……迷宮で返り血以外のシャワーが浴びられるとはな」

機嫌良く頭を振れば雫《しずく》と共にこびり付いた汚れが落ちていく。

総体積の何割かを失い瀕死《ひんし》となったドールスライムは甲冑内に籠城。最後の抵抗を試みるが、炎に紛れ肉薄していたウォルムは腕部の隙間から炎を流し込む。半軟体の振動と鎧が擦れ合う金属音が断末魔となり、ドールスライムはとうとうその身体を保つことができなくなった。完全に液体へと変わり、迷宮に新たな染みを形成する。

「また面倒な奴が出てきた」

他の三種に比べれば数は少ないが、これで変異種や希少種の類いではない。遭遇した際の手間を考えれば、愚痴の一つも許されるだろう。

《強撃》により損壊した武具は脆《もろ》い粗鉄で、単体での価値はそう高くない。甲冑の背中側を確認する為に手を掛けると、空洞の内部にカラカラと異物が転がる。腕部を摑み揺さぶれば、隙間から小ぶりな魔石が吐き出された。

「駄賃はこれか」

魔力というエネルギー源が宿る魔石は、鉱石や生物由来の違いはあれ触媒やランプなどその用途は幅広い。売れば銀貨数枚程度にはなるだろう。満載間近の魔法袋に魔石を押し込み、ウォルムは迷宮の探索を再開した。

◆

波状的に迫る魔物の群れを退け、下層の歓迎を凌《しの》いだウォルムは休憩室へと辿《たど》り着《つ》く。閑古鳥が鳴くほどに室内は閑散としていたが、それでも借り切りとまではいかなかった。

「先客は……五人か」

五人一組のパーティーは壁際に鎮座している。一体どんな物好きかと尊顔を拝すれば、迷宮都市でも数少ない見知った顔に驚く。先日縁あって言葉を交わした熟練冒険者のファウストであった。彼らも片手間でこの階層まで辿り着いた訳ではないだろう。身なりは整えていたものの、戦闘の証《あかし》である汚れや生傷が目立つ。

「まさか単独で三十階層まで来るとはな。歓迎する」

入場に気付いたファウストは、休めていた身を起こしてウォルムへと接近する。今回は仲間をぞろぞろと引き連れ、まるでこれから紹介と懇親会が開かれるかのような賑《にぎ》やかさ。

「止《よ》してくれ、見ての通り、この様《ざま》だ」

謙遜でなく本心であった。

下層に入ってからの道中は決して手抜きができるような相手ではなく、惜しみなく体力と魔力の消費を重ねた。長距離走と短距離走を出鱈目《でたらめ》に繰り返した状態に近い。人目が無ければ、疲労に身を委ねて大の字に寝転がっていただろう。

「こちらは五人でそう変わらない。ウォルムがあと四人居たら、迷宮だって制覇できるかもしれないな」

迷宮に潜り凡《おおよ》そ五日が経《た》とうとしている。その間に発したのは魔物への罵声と独り言のみ。誰とも言葉を交わさなかった孤独者の口は普段よりも緩み、冗談の一つを生み出すに至った。

「生憎《あいにく》、兄達は居たが五つ子じゃない」

「ははっ、そうか。それを聞いて安心した」

久方ぶりの健全な言葉のやり取り。

ファウストは耐え切れないと表情を緩めて声を漏らす。羞恥など微塵《みじん》も感じさせぬ、冒険者らしい笑みであった。対話による音と動作で五感が引っ張られた直後、横合いから微《かす》かな風切り音が響く。急速に迫る死の気配にウォルムは石突きを突き出す。

手が痺れるほどの衝撃。ロングソードと柄がぎちぎちとこすれ合う。死角に入り込んでいたファウストのパーティーメンバーの一人が、ウォルムへと斬り掛かっていた。

「……惜しいな、本当に」

殺し損ねた人間に言い聞かせるのではなく、無意識に漏れ出た言葉。ファウストの人の良い笑みは消《き》え失《う》せ、能面のごとき表情へと変貌する。この手の眼《め》は久しぶりだった。殺し合いの手管に長《た》けた北部諸国の兵でも希少。感情の揺らぎを見せず、人を人とも思わず、雑草のごとく淡々と処理する。

こうなるには生贄《いけにえ》になった無数の犠牲が必要であり、襲撃が偶然でなく周到に用意されたものだと悟る。何故《なぜ》、どうして、そんな疑問を口にすることはない。戦時こそを平時として育ち、迷宮で戦乱の思考と感覚を取り戻しつつあるウォルムの意識の切り替えは早かった。

襲撃者の、欺瞞《ぎまん》をかなぐり捨てた総攻撃が始まった。下方から喉元を狙ったファウストの槍が迫る。飛び退きながら上半身を逸らすウォルムだが、後退に合わせて側面からメイスが繰り出されて

いた。利き足と右肩を同時に引く。距離を幻惑された戦棍《せんこん》の球形頭部が虚空を撫《な》でる。

反撃の糸口を探る暇などない。回避を強要された先には、剣士が待ち受けていた。刃が暗闇で煌《きら》めく。上半身を狙った斬撃の軌道は急速に下方へと捻じ曲がる。短い攻防を経て防御は固いと踏み、急所狙いから削り取りへと変えたのだ。

脚を払おうとするロングソードを脛当てに誘導。裂傷こそ免れたが、骨に響く鈍痛と姿勢のふらつきまでは防ぎようがない。

「一人相手に、丁寧だなァ‼」

痺れの余韻を引き摺《ひず》り、立て直しを図るウォルムだが、盾持ちがその身を抛ち肉薄する。挑発の返答はシールドバッシュで成されようとしていた。

「く、そがッ」

視界いっぱいに使い古された大盾が広がる。もはや逃げるスペースはない。水平に突き出し柄を大盾の間へと割り込ませる。肘で打突の重みを軽減、残る衝撃を殺す為に後方へ自ら飛ぶ。床を転がり板バネのように飛び起きるが、焼けるような痛みが肩口を襲う。

「いッ、つうぅ⁉︎」

そう多くない隙と時間の中で間合いの外に居た射手が、前衛四人の隙間から肩を射貫《いぬ》いてみせたのだ。鏃《やじり》を抜く暇もない猛攻が続く中、ウォルムは崩しを狙う為に、魔力を練り上げ火球を地面に撃ち込む。

「ネーロ、ハウンゼンッ、逃がすなァあ‼」

ファウストが端的に手下へと命じた。斬り込みから一転、距離を取り相対する五人は次なる行動に出た。

風属性魔法と水属性魔法による水弾と突風が火炎を消し飛ばす。安定して上位階層に辿り着くパーティーだ。魔法持ち《マジックユーザー》が複数居るのは当然であった。火の防壁を喪失したウォルムに対し、槍を構えたファウスト、メイス持ちが間合いを詰め、ロングソードを携えた剣士が側面に回る。

ウォルムは瞬間的に風属性魔法で加速。側面のロングソード持ちを狙うが、忌々しい盾持ちと射手が妨害を図る。ハウンゼンと呼ばれた盾持ちはウォルム同様の風属性魔法持ちであり、距離を取れば中距離魔法、近距離では風属性魔法により加速を掛けたシールドバッシュを繰り出す。

「随分と芸達者でッ」

一見すれば一人ないし二人が切り取りやすく集団から浮いている。

だが実態は即席の殺し間であり巧妙な誘い出し。かと言ってそれらを無視すれば死角に回り込まれ致命的な一撃が待つ。どいつもこいつも殺し慣れていた。

敗走を選ぼうにも、転送室や前後階層までの進路は厳重に消され、無理に突破すれば背中を文字通りに刺される。三十階層まで辿り着く為に傭兵は魔力の消費を重ねた。頼みの《鬼火》を使えば直ぐに魔力は枯渇するだろう。

何より冒険者の装備構成が使用を躊躇《ためら》わせた。

全員が修練を重ね並以上の魔力膜を持つ上に、用意周到に耐火装備まで揃えている。考えなしに《鬼火》を切り、打開できなければ、視野の阻害に併せて眼球の激痛まで加わってしまう。

最低でも、一人二人を行動不能に陥らせなければ逃げることさえ叶《かな》わない。ウォルムは明確に追い込まれる。持ち主の窮地だというのに、腰の面はまるで発火するように熱を持ち、人同士の流血に頗《すこぶ》る上機嫌。この面が興味を示す相手だ。真面な人間のはずがなかった、と後悔が頭を過《よぎ》る。

攻撃を斧槍で捌《さば》きながら小刻みにステップを踏み、踊るように回避を狙う。

逆襲を目論《もくろ》む魔法ですら、破綻を先延ばす為にただただ浪費していく。四肢は少しずつ削り取られ、衣服に血が滲む。出血を抑える為に、第二の皮膚たる魔力膜は傷口を押さえ続けた。

「ぐっ、つぅ――ッ」

偶然の産物か、設計思想なのか、額を掠《かす》めたメイスの風切り音は集中力を乱すサイレンのように鼓膜を叩く。音に掻き乱された集中が一瞬緩む。わずかに遅れた反射の代価を身体で払うはめとなった、ぬるりと伸びたファウストの槍が魔力膜ごと内腕を削る。

「浅いッ」

「ネーロ、付き合い過ぎるな」

「小刻みに、移動を繰り返せ。大技は要らん。削り殺す」

常に背筋に寒気が走り、臓腑《ぞうふ》がぞわぞわと浮き足立つ。濃厚な死の気配は瞬きですら許されない。

負傷と疲労を重ね、強敵に囲まれる。これ以上ない死地にウォルムは立たされていた。迷宮という舞台には観客も居ないというのに、大したベテラン役者共の中で踊り続けなければならない。

「ぁ、は、ふっぅ、はぁ――」

浅い呼吸を繰り返し、限界を訴える足を酷使する。斧槍を突き絡め、幾度も迫る致命の一撃を、手痛い負傷に変える。それでも動きからは精細さは失われない。窮地の中で、これまで重ねてきた迷宮の戦いが、かつての感覚を呼び起こそうとしていた。

錆《さ》び付《つ》いた歯車が回り出す。酒精に塗《まみ》れた怠惰な一年間の鈍りは削ぎ落とされた。皮肉にも死線を漂い、命が刃によって刻まれる中こそが、《鬼火》使いと恐れられた帝国騎士の姿に回帰させる十分な環境であった。

濁流のような血液と興奮物質が脳を駆け巡り、興奮と冷静さが交じり合う。思考は実に透き通っていた。残火に照らされた影が足元に迫る。ウォルムは無意識に笑みを浮かべていた。一度見た技が二度も通用すると思うなと。

「なっァ⁉」

死角から足元を掬《すく》うロングソードの腹を踏み付け、地面へと叩き落とす。

深く食い込んだ剣先は容易に引き抜けるものではない。武器を手放すか、引き抜くか剣士は逡《しゅん》巡《じゅん》してしまう。そんな刹那の綻びを見逃さず、ウォルムは斧槍を一閃《いっせん》。一手遅れてロングソードを手放した男は両手で首を庇う。

手甲を切り破り、骨と肉を砕き裂くがそこで刃が食い止められる。斬撃の礼とばかりにウォルムの脇腹にメイスが食い込み、ファウストの鋭い槍が喉を深々と傷付けるが構わなかった。どれも致命傷は避けている。

「メダルドォっ、退《ひ》けぇ‼」

ファウストは剣士に指示を下すが、わずかに遅い。

折れた肋骨《ろっこつ》が激しく自己主張を繰り返し、口腔《こうこう》に鉄の味が混じる中でもウォルムの動きは鈍らない。剣士メダルドの喉を片手で引き寄せ、舞踏会で舞う男女のように互いの位置を入れ替える。

肉盾に取ったメダルドだが、折れた腕でどうにかウォルムに抱き着こうとする。減速する気配の無い武器に、襲撃者達の覚悟の深さを読み取る。これは無駄な盾であり不必要。突き放し際に剣士の喉を焼き払い、槍とメイスの軌道上に押し付けた。肉が焦げ、血液が蒸発する音が大部屋に広がる。声帯を焼かれた音のない絶叫がウォルムを歓喜させる。

「……四人っ」

人質といった精神的揺さぶりが通じないタフな襲撃者だ。下拵《したごしら》えの一手間は惜しまない。人数差という手数を一つ失い、障害物と化した死にゆく仲間、情報量の過多に溺れる者を炙《あぶ》り出《だ》す。ウォルムは崩れる死体越しに、肩に突き刺さった矢を引き抜く。そのままではまだ通じない。口内に溜まりつつある血を虚空に噴く。

広がった血霧が視界を歪《ゆが》め、相手に処理すべき情報を増やす。

仕込みを整えたウォルムは、握り締めた矢を魔力で操り圧縮空気で射出する。狙いはネーロと呼ばれたメイス持ちの前衛であった。弾《はじ》き出《だ》された矢は手のひらによる防御をすり抜け、寸分たがわず眼球から入り込み脳にまで達する。

ぎちりと奥歯を噛み鳴らして、肩口から抜けた鏃の痛みを慣らす。

「ふーぅ、っ、あ、っと、三人」

また一つ数は減らした。ウォルムは斧槍を向け残敵と相対する。

蓄積した疲労、枯渇する魔力、全身の負傷。コンディションは最悪だった。それでも思考は晴れ、明確に成すべきことを指示する。魔力膜で全身を締め固め、傷口から溢《あふ》れ出《で》ようとする血液を宥《なだ》めすかす。敵は四肢のうち二本を失ったが、残る二肢と頭は健在。本番はこれからだった。

「……時間をかけ過ぎた。いや、決着には時間が足りな過ぎるか。口惜《くや》しい」

殺し合いが始まってから、初めてファウストがウォルムに言葉を投げ掛けた。

「あ？　なんだ、びま、さら。随分と、弱気だな」

裂かれた喉で軽口に付き合うウォルムだが、遅まきながら異変に気付く。

固く閉じられていた扉が軋《きし》みながら開こうとしていた。意味するものは新たなパーティーの到着。無観客を貫いていた休憩室に、来訪者が訪れようとしていた。

気取《けど》られないように乱れた呼吸を整え、襲撃者を見据えたまま耳を澄ませる。響く足音は四人、足取りには迫り乱れた様子はない。入室と同時に攻撃が始まらない状況は、無関係の第三者のパーティーによるものか判断を下せずにいた。予備戦力の可能性は拭えず、監視役を兼ねた別働班の恐れもある。常に最悪を想定しろ。思考の一部を新たな来訪者に割かれたウォルムに対し、ファウストの動きはシンプルであった。

「三魔撃のメリルか、気を付けろ‼　そいつはいきなり襲ってきた」

切迫した声に悲痛な面持《おもも》ち。してやられたと舌打ちを鳴らす。

即席にしては大した芝居だ。濡《ぬ》れ衣《ぎぬ》を着せるには最上の熱演であろう。ウォルムには社会的な信用がない。遠い異国から流れ、単独で迷宮に挑む偏執的な人間とされている。口腔に溜まった血を吐き捨て、傭兵は苦しい自己弁護を口にしようとするが三魔撃により阻止された。

「口ぶりからすると、ファウスト達はいきなりその人に襲われた……それにしては妙だよ。二人の死因のうち、ネーロは眼球から入り込んだ矢による脳裂傷、メダルドは頸部《けいぶ》の重篤な火傷だ。しかも五対一、完全武装の戦闘中にね。そんなに殺しが達者なら、奇襲の一撃で一人くらい斬り殺されてなきゃおかしいよ。僕にはその立派な斧槍が飾りには見えない」

飛び出したのはウォルムではなく、ファウストへの疑惑。状況を摑めぬ傭兵は事態の成り行きを黙って見守る。

「馬鹿なッ、血迷ったのかメリル⁉︎　長年ギルドを支えてきた俺達《おれたち》より、その流れ者を信じるのかアッ‼」

「いやまぁ、僕はどっちにも肩入れする気はないよ。ギルドで白黒付けるなら協力するけどね。それに考えを少し漏らすなら、下層を出入りする冒険者が真面に育たない現状で、長年生き残っているファウストの方が僕は怪しいかな」

駄目押しを狙い、ウォルムは水気混じりの声で賛同する。

「演技派の、そいづらが斬り掛かってこない、のなら、俺はあんたに従う。喜ん、でな」

メリルはファウストの言葉を待つが、答えは一向に返らない。それどころか、差し迫った表情を元の無表情に戻した。まるで周囲の状況はどうでもいいとばかりに——。

「……ファウスト、どうする」

「見た目はともかく、あれの目は確かだ。前々から怪しまれている。誤魔化せはしない」

「メダルドとネーロの死体と装備は？」

「覚悟の上だ。捨て置け」

冤罪《えんざい》の擦り付けに失敗したファウストは、堂々と犯行後の悪巧みを交わす。奇妙な硬直状態が続く中、盾持ちと重なっていた射手の動きが瞬間的にブレた。

会話に応じていたウォルムだが、命のやり取りを交わす中で、危険度の高い射手から意識を外すはずもない。曲芸にすら感じられる矢の早撃ちを石突きで叩き落とす。カラカラと間抜けな音を立て矢は床を滑り、乱回転の末に三魔撃の足元で止まった。

「随分と、手癖が悪い、な」

「リィロ、諦めろ。失敗だ」

凶行を非難するウォルムを無視して、二の矢を番《つが》えた射手に無駄な矢を使うなとファウストは諭す。それすらも油断を誘うブラフか。睨《にら》み合《あ》いに陥る中で、沈黙を破ったのは三魔撃のパーティーだった。

「ファウストのパーティーがマンハントであったか」

「経歴が綺麗《きれい》過ぎて、逆に怪しかったからね。それよりも彼を見なよ。五対一で二人も殺してる。僕《ぼく》達が来なかったら五人とも殺してたんじゃないか」

　流血の成された場所には似つかわしくない喜々とした声色であった。

「考えすぎでしょ。だってぼろ雑巾みたいよ」

　後ろに控えていた杖《つえ》持ちの女は酷評する。確かに大きな間違いはない。今のウォルムは汚れ擦り減り、襤褸《ぼろ》切れの方がマシに見える健康状態だ。

「それで、僕らともやるのかい、ファウスト」

「用事があるのはそいつだけだ」

「またまた、今まで嫌らしい目をして、僕らも狙っていたんだろ？」

　三魔撃のパーティーは軽い口振りとは裏腹に、得物を抜いていた。

「仮令《たとえ》そうだとして、リスクを冒して俺達を討つか」

「負ける気はしないけど、そのギラついた目は苦手だなぁ。何時《いつ》もの物優しい顔は何処に行ったんだい」

「人というのは多面的。一面だけ見て判断するのは若者の悪いところだ」

「勉強になったよ。それで答えは」

「これでも忙しい身でな。若者同士、親交を深めればいい。これで失礼する」

探り合いは終わりを告げ、ファウストのパーティーが転送室に消えたことにより、三角関係は解消される。ようやくウォルムの注意を向ける相手は一つとなった。

「どうするの、メリル」

「門守が居るから待ち伏せはしていないと思うけど、少し時間を空けよう……それで、だ。君は随分と疑《うたぐ》り深《ぶか》いんだね」

一定の距離を空け、探りを入れていたウォルムに対し、メリルは両手を広げて言った。

「アンタね。助けてあげたんだから、まずは礼の一つも言えないの」

杖持ちの女が不機嫌そうに眉を顰《しか》める。

「……なにぶん、親し気に話し掛けられた相手に、の、どを裂かれかけたばかりだ。少しばかり疑り深くなって、いる」

「例えば、拮抗《きっこう》状態や討ち漏らした時の備えみたいに、かな」

「うむ。有りえぬ手ではないな」

武僧風の男は、パーティーリーダーが口にした可能性に素直に頷《うなず》く。

「ハリ、あんた何を賛同してるのよ」

「そう怒るな、マリアンテ」

「ひと回り歳上《としうえ》の癖に配慮が足りないのよ。迷宮で修行するより、頭の修行した方がいいわ」

「善処しよう」

「まあ、まあ、そんなまどろっこしいことはしないよ。僕がファウストの仲間なら九人掛かりで押し潰すからね」

なんとまあ、清々《すがすが》しいまでの言い様であった。それでも正論には違いない。《鬼火》の使えぬウォルムは五人ですら梃子摺《てこず》ったのだ。三十階層に出入りするパーティー二組掛かりでは、まず押し潰されるだろう。

「で、あいつはどうするのよ」

「手助けは必要かな」

「……魔力膜で出血は抑え付けている。地上の治療所まで戻れれば、問題はない」

「だそうよ。性根が捻くれてるわね」

「口が軽快に回る程度には元気そうで何より。死体は僕らが持って上がるよ。セーフルームの遺体や遺品も人が居ないと飲まれるからね。引き摺っていった方がよさそうだ」

「ほら、ユナ。足持ってよ」

「重いのは苦手」

傍観に徹していた弓持ちは、運搬の分担を拒絶する。

「いいからほら、サボらない」

死体はハリと呼ばれる武僧が一体、ユナと呼ばれる弓持ちとマリアンテという名の杖持ちの二人で一体を運んでいく。

「あんたは、持たなくていいのか」

「僕は護衛役だよ」

「監視役の間違い、じゃなくて、か」

口ぶりこそ軽いが、ウォルムはメリルが入室した時から監視対象になっている。その色彩豊かな眼は些細《ささい》な動作も捉えて離さない。自然な立ち振る舞いの中で奇襲をあしらう位置と距離を保つ。それは新鮮な死体を運搬する三魔撃のパーティーメンバーにも当てはまる。

「あれ、気付いてたんだ。流石にファウストのパーティーを退けただけあるね。殺し合っているところが見たかったたな」

悪戯《いたずら》が発覚してしまった幼児のような、にんまりとした笑みだった。

「転送室の出口は入り口と対になってる。上層向けから君は来ているみたいだから、逃げたファウストと鉢合わせはないと思うけど、少しずらしてきなよ。職員と治療魔術師は僕らが手配をしておく」

「すま、ない。助かる」

「なんだ。落ち着けば、ちゃんとお礼言えるんだね。それじゃまた地上で」

死体を担いだ三魔撃のパーティーは、黒き穴に飲まれ消えていく。地上への帰還を見届けたウォルムは悩ましく息を吐き、緊張度を一段引き下げた。

「あの演技派共。手酷《てひど》く、やりやがって」

二人を返り討ちにしたが、熟練の冒険者に払った代償は決して安くはなかった。最も深い傷が刻まれた首の具合を確かめ、布を強く押し当て包帯を巻いていく。あと数ミリメートルずれていれば、動脈を断たれていただろう。

折れた肋骨も肺腑に刺さっていないとは言え、実に煩《うるさ》く痛みを主張する。その他、多数の裂傷と打撲。休息に割く時間を考えると気分も重い。何にせよ、まずは地上に戻らなくてはならない。無数の傷は自然治癒を待つには深く多過ぎる。大人しく三百秒の時を数えたウォルムは、先駆者同様に渦へと飛び込んだ。

◆

物流経路の保護、危険対象の討伐、要人警護など、ギルドに所属する冒険者への依頼は多岐に亘る。その内容は地域と情勢により千差万別であり、迷宮を有する冒険者ギルド・ベルガナ支部の色合いもなかなかに特殊であった。

迷宮都市の支配者たるボルジア侯爵家は、迷宮で消耗する私兵と富の独占を天秤に掛け、迷宮を占有せずに開放を選んだ。その狙いは成功を収め、周辺地域から迷宮内の探索という危険作業に従事する労働者の獲得を果たす。

万物の理《ことわり》が捻じ曲がった迷宮の煩雑な管理、維持、運営の委託業務を受け、実質的な下請けとなったのは、ギルド内部でも創設の歴史が浅いベルガナ支部であった。当然、多数の利用者を抱えることとなった同支部は、業務を円滑に進める為に文官の雇用を強め、運用要員である職員を現地で大量に雇い入れる。

そんな職員の一人が迷宮都市で生まれ育ったリージィであった。

迷宮探索の受付としての役割を与えられながら、式典や催し物ではその準備に奔走する。途切れることのない業務の中でもリージィが心血を注ぐのは、迷宮に挑む冒険者へのサポートであった。

当然、非戦闘員である受付嬢は直接的に彼らの手助けはできない。

リージィが持つ武器は情報だ。冒険者から吸い上げられた膨大な公式、非公式情報は纏《まと》め上《あ》げられ管理される。その悪意なき虚実交じりの断片を精査、統合した情報を冒険者に提供していた。

助言一つで冒険者の命を繋《つな》げられるなら、小言が煩い堅物として扱われようとも構わない。そんな心情は生まれ持った気質に加え、一つの出来事が切っ掛けとなっていた。

当時、最有望とされていた若手パーティー全員の未帰還。下層に到達するのは間違いないと言われた彼らは、中層と下層の間で忽然《こつぜん》と姿を消したのだ。異例のペースで迷宮の攻略を進める彼らを、頼もしく思う者は居ても、苦言を呈す者など居なかった。

周囲の期待もそれを後押ししただろう。実質的な担当であったリージィは、そんな彼らに心の何処かで危うさを感じていた。だが同時に、余計な言葉を掛け探索の邪魔をしたくないという気持ちが鎌首をもたげ、結局は忠告を言い出せずに陰惨な悲劇を迎える。

不運だった。皆がそう口にする中、リージィは一人否定する。

誰かが、私が、急《せ》く彼らに少しでもいい。後ろを振り向き、実直に足元を固めるよう声を掛けていれば、彼らは死ななかったかもしれない。何もできなかった。何もしなかった後悔は、リージィを大勢の傍観者から脱させる。

そして現在、リージィは葛藤を胸に抱えている。

原因は新しく迷宮都市にやってきたウォルムという傭兵であった。容姿も背丈も平均的であったが、その使い込まれた装備、何よりその濁った眼は、平坦《へいたん》な道を歩んできた者には決して備わらないもの。彼の迷宮の探索は、常軌を逸していると言わざるを得ない。

持ち得る情報と助言を提供しているとはいえ、パーティーを組まず単独で迷宮に潜り続け、その深さは下層に達しようとしている。人数も、人柄も、言動も決して似付かない。それでもかつて救えなかった彼らの背中を重ねてしまう。

「止めるべきなのは、分かっているんですけどね」

夢を抱き、迷宮に飛び込む者は多い。迷宮への願いに優劣などない。他者から見た価値観で優劣を決めるなど浅ましいに違いない。それでも感じてしまう。ウォルムが迷宮に抱える覚悟は、別の深さを持つ。

最初は自殺志願ではとも感じた。だが、彼は死ぬ気などない。執着にも似た拘《こだわ》りこそ持つものの、戦闘員でもないギルド職員の助言に耳を傾け、乾いた大地のように情報を吸収していく。とても死を望む人間の行動ではない。

類いまれな技量と意思で迷宮に何かを望み、身を投じている。その意思を安全地帯から捻《ね》じ曲《ま》げる権利などあるのか。だがどうにも不安が過ってしまう。思考は袋小路《ふくろこうじ》に迷い込んで久しい。リージィは無意識に手首の腕輪をひと撫ですると、小さく息を吐いた。

「リージィ、随分とそわそわしてるわね」

「……何のことですか」

声の主は、同僚の受付嬢ラビニアであった。その声色に含まれる意味合いは心配が半分、好奇心が半分と言ったところ。

「誤魔化しちゃって。この前、男からプレゼント貰《もら》ったじゃない。また数日帰ってこないから、気になって仕方ないんでしょ」

ラビニアは仕事面で、その性格に似つかわしくない細やかさを持つ頼もしい同僚である。しかし、こと私生活はだらしなく、噂話《うわさばなし》が好きで好奇心が旺盛。こうしてリージィに探りを入れてくることは一度や二度ではない。

「私は依怙贔屓《えこひいき》なんてしませんよ。ただ、単独で数日も帰ってこない利用者が居たら、気に掛けるのがギルド職員。迷宮の管理者の務めです……頂き物は、否定はしませんが」

「あんたみたいなのが意外に駄目男なんかに引っ掛かるのよね。やだ、この人は私が支えてあげなきゃ、駄目になっちゃう‼︎? なんて――冗談だから睨まないでったら。でもあのウォルムって傭兵、危なっかしいわね。普通、何日も迷宮に一人で泊まり込まないわよ。退廃的っていうか」

納得できる面があるとは言え、面倒な同僚の狼藉《ろうぜき》を許すほどリージィは穏健派ではなかった。

伊達《だて》に荒くれ者も多い冒険者相手に仕事をしていない。

「それには同意しますが……今日は随分と口数が多いですね。また男性に振られたのですか」

歯を鳴らし、喉から濁音混じりの呪詛《じゅそ》を吐き出したラビニアは、分かりやすく取り乱す。図星であった。

「もうぉっ‼ あんたのそういうところ、可愛《かわい》くないわよ。はぁ、冒険者の男は駄目ね。あの機能美を感じさせる身体は大好きなんだけど、浮気性が多くて……」

「はぁ、全く……どうしようもない人ですね」

「そんな目で見ないでったら」

互いの性格は似ているとは言い難いだろう。リージィが哀れみと蔑み交じりに向けた目に反して、ラビニアと業務の合間に交わされる軽口は決して嫌いではない。人波の処理を続け、不意に途切れる時間を共にするには、望ましい相手とも言えた。とりとめのない日常が流れていく。

そんな平穏も待機室に流れ込む守衛により、終わりを告げた。

「穏やかじゃ、ないですね」

「あっちは転送室、それも出口の方ね。ねぇ、ちょっと‼　何があったの？」

雪崩《なだ》れ込《こ》んでくる一人をラビニアが呼び止めると、興奮した様子の守衛が口早に捲《まく》し立《た》てた。

「信じられないかもしれないが、三十階層でマンハントが出たんだよ‼　それもファウストのパーティーだったらしい。それだけでも信じ難いのに、最近流れてきた傭兵が重傷を負いながら二人を殺して、三人を敗走させたそうだ。冗談じゃないぞ。三魔撃のパーティーが二人の死体を持って転送室から戻ってきている」

「はっ、え？」

リージィは脳に伝わる情報を適切に処理できずにいた。それでもどうにか噛み締め、理解すればするほど動揺が広がってしまう。これまでに迷宮内でマンハントを行ったとして、素行不良の冒険者が幾人も摘発され、投獄の末に処刑された。

だが、ギルドの教導役の任にも就いたことのあるファウストが人狩りを行っていたなど、飲み込めるはずもない。それもその標的は五日前にリージィが迷宮に見送った傭兵であった。

「っ、う、ウォルムって、リージィに腕輪をくれた傭兵よね。それにファウストさんが、マンハントって……一度に色々起こり過ぎて、何が何やら分からないわ」

「ほん、とうですね。でもラビ、一つ分かりました。あの人は、放っておくと死んでしまいます」

真実か分からない。でも事実だとすれば、ウォルムが一人で迷宮に潜らなければ、人狩りの対象に選ばれなかったかもしれない。

「そうね。抑え役や頭役が居る時はよく働きそうだけど、一人の時は頑張り過ぎて、若死にするようなタイプの人間だと思うわ」

ラビニアの言葉に、リージィは全面的に同意した。次会う時には言わなければならない。幾ら悔いても死んでからでは全てが遅い。

「受付の時に、言っておきます」

苦々しく顔を歪めたのは、心の奥底にこびり付いたかつての出来事を思い返してか、それともウォルム個人を案じてのものか、リージィ自身にも分からなかった。

◆

暗転した視界が急速に晴れていく。

身体の自由を取り戻したウォルムは腰を落とし、斧槍の柄を肩幅ほどに広く握り上段に構えていた。防御を最重視した備えであったが、傍《はた》から見れば威圧的とも言える。そんな傭兵を出迎えてしまったのは殺気に満ち溢《みあふ》れた守衛の一団であった。

先行したメリルからは襲撃の恐れはないと伝えられていたが、警戒を解かなかった故の事故。その結果、鉢合わせした多数の戦闘員と武器を向け合うハメになった。ウォルムとて逆の立場なら、得物を抜いた血染めの男に親しみは覚えない。

「う、抜き身だぞ⁉」

「武器を納めろッ」

マンハントであるファウストの姿は何処にもない。場にいないメリルに内心で謝罪の言葉を浮かべながら、必要以上に声を荒らげずに答える。

「敵意はない。休憩室で襲われ、警戒していただけだ」

流れ出た血液により血気盛んとは程遠いウォルムは極めて冷静だった。例外と言えば、興奮冷めやらぬ面くらいなもの。特等席で早く血を見せろと喧《やかま》しい。

「ならば斧槍を下せ、ここにはマンハントは居ないぞ」

指示に従いウォルムはゆっくりと斧槍を下げ、レザーシースを槍先《やりさき》にすぽりと被《かぶ》せる。少しの間を置き、守衛達も剣を納めていく。

「ウォルムだな？　個室を用意してある。付いてこい」

有無など求めぬ一方的な物言い。

初対面の印象の悪さもある。事を荒立てず静かに従った。転送室から待機場へと繋がる通路を守衛に囲まれ過ぎていく。通路を抜け切り、待機場に辿り着いたウォルムは呆《あき》れ返《かえ》ってしまう。

ただでさえ人で溢《あふ》れる待機場は、一連の騒ぎにより無秩序な人混みと化している。好奇心旺盛な冒険者は手を振り、守衛に事態を尋ねる始末。その遠慮知らずには感心すら覚える。

「よう、そんなに騒いで何があったんだよ」

「教えるはずないだろう、さっさと離れろ」

「なんだよ、教えてくれたっていいじゃねぇか」

「見世物じゃないんだ。道を開けろ。ええい、進路を塞ぐな‼　散れっ」

守衛が野次馬を蹴散らしながら、ウォルムは移送されていく。警護対象を囲んだ経験はあっても囲まれた経験などない。新鮮な体験であり、まるで重要人物か重犯罪者にでもなった気分であった。

開かれた進路越しに受付へと視線を向ければ、リージィを始めとする受付の職員が啞然《あぜん》としている。大した業務妨害だ。また迷惑を掛けてしまう。埋め合わせばかりが重なっていくではないか。

無数の視線に晒《さら》され、普段であれば踏み入れることも叶わないギルドハウスの奥へ奥へと導かれていく。魔力膜で傷口を圧迫、出血を抑えているとはいえ血は滲み出る。身体にへばり付く気怠《けだる》い重さ。倦怠《けんたい》感にうんざりしたウォルムは、苦言の一言を漏らし掛けた頃、ようやく守衛は足を止めた。

「中で治療をする。荷物を受け取ろう」

事実上の武装解除。ものは言い様であった。

「気持ちは嬉《うれ》しいが、手放すと落ち着かない。側に置いておく」

露骨に顔を顰める守衛であったが、強制されることはなかった。診療台に座らされたウォルムは公衆の面前で衣服を脱いでいく。これではストリップショーとそう大差はない。

「この状態で、歩かせたのか？」

「そうだが……」

「何の為の担架だ。見ろ、応急処置と魔力膜が無かったら血が流れ過ぎて、疾《と》うに死んでいるぞ」

幸いにして治療魔術師は中立らしく、要救護者をここまで歩かせた守衛に嫌味を漏らした。拍手喝采でもしたいところであったが、これ以上彼らからの心証の悪化を避けたいウォルムは、大人しく自重する。

触診を併せた診断により、次々と傷口が暴かれていく。やはり肋骨が防具越しに折られていた。ファウストに裂かれた喉のみならず、人狩りの一団は、人体を巧みに破壊する技術を持ち合わせている。回復魔法が掛けられ、温かさを感じると共に痛みが引いていく。

それでも完治とは言えず、派手に動き回れば傷口は開きかねない。疲労感に身を任せ、休憩に興じたいウォルムであったが、待ち受けていたのは、ギルド職員による聞き取りであった。

「何度も言っているだろう。三十階層のセーフルームで待ち伏せされたんだ」

「言葉を幾つか交わしたと言ったが、その際に挑発的な言動は一切なかったのか」

「ない。前触れもなしに斬り掛かられた」

「酒場や迷宮内で、彼らと揉《も》め事《ごと》を起こさなかったか」

「そもそも偶然会ったのも二度目だ。面識なんぞない。喧嘩《けんか》の末の刃傷沙汰《にんじょうざた》だと思っているのか？　あいつらは明確に殺意を持って襲ってきた」

一連の戦闘の流れからファウストとの接触経緯、時には同じ質問が繰り返されウォルムは辟易《へきえき》してしまう。そのうち性癖やスリーサイズにまで質疑が及びかねない勢い。当然それらに質疑が及べば黙秘を貫くつもりであった。

一刻続いたところでようやく休憩を許され、監視付きのままウォルムは身を休める。水を口に含み喉の渇きを潤し、咥《くわ》えた煙草《たばこ》から紫煙を吐き出す。

一挙一動に注目が集まり、許可を得て煙草に火を灯《とも》したにもかかわらず、守衛は緊張した様子で目を光らせる。大した歓迎だ。今のウォルムであれば見せ物小屋でも働けるだろう。

半刻後《はんとき》、閉ざされていた扉が勢い良く開け放たれた。

のそのそと部屋を訪れた男に見覚えはない。だが男が手にした紙は聞き取りで詳細を記した用紙であった。大柄で何とも腹周りの起伏が激しい。特注であろう制服は手入れが行き届き、胸に下げられた胸章はギルド職員でも高位の者を示す。従者と言わんばかりに御付《おつ》きの者を背後に侍《はべ》らせ、尊大な動作は己が上位者であることを誇示する。権威に弱い人間であれば、卑屈に振る舞わせかねない。意図的な演出であろう。

「私はラッファエーレ、ベルガナ冒険者ギルドの副支部長だ。ギルド支部長が不在の時に、困ったことをしてくれた」

まるでウォルムが悪事を働いたかの言い様。次はどんな言葉が吐き出されるか、楽しみですらあった。

「聞き取り調書には目を通した。ファウストのパーティーがマンハントだとは信じられんよ。彼らは後輩への面倒見が良く、模範的な冒険者だった。ギルドへの貢献も大きい。三魔撃からの報告があっても、現実味が感じられん」

目立った古傷がない身体に反して、荒れた指と小指球は男が文官であることを示している。あの場にウォルムではなくラッファエーレが代わりに居れば、その弛《ゆる》んだ樽《たる》ボディでどのように応戦するか、見ものであった。

「調書を信じるならば、迷宮都市で最古参の冒険者を二人殺したと？　それもたった一人で、五人相手に。話を聞けば聞くほど、信じ難い」

これまでウォルムは従順に取り調べに応じてきた。一部の質問は礼儀を欠き、同じことを延々と聞かれてもだ。薄っぺらな調書とやらに何と記載されたかは不明だが、いい加減に苛々《いらいら》が募る。

「その有力なパーティーが人狩りをしていたから、ギルドでも最古参になったんじゃないのか」

「流れ者が、減らず口を叩くな」

痛いところを突かれたのだろう。猜疑心《さいぎしん》を抱く副支部長とやらに、ウォルムは更に怒気を交えて応じる。

「思うところはあるんだろうが、それでも首を落とされかけ、全身を切り刻まれた人間に対して酷いもんだ。次は身包《みぐる》みを剝いで牢《ろう》にでも入れるつもりか。素直に従うとでも？　随分と戦闘員を侍らせているが、それだけで足りるのか」

言い切ったウォルムは目を細めて睨み付けた。第二ラウンドかと興奮する鬼面を除き重苦しい沈黙が流れる。緊張に耐えかねた守衛の手が腰に伸びた。

「つぅ」

性急さは早死にを生むぞと魔力膜を漲《みなぎ》らせ忠告する。護衛の軽率な行動に反し、嫌味な文官にしては肝がなかなかに据わっているらしく、ラッファエーレは守衛を手で制しながらもウォルムから視線を外さない。

「ふん……嘘《うそ》だとは言っていない。だからこそ調書という形を取っているではないか」

見つめ合い友好と親愛を深めた甲斐《かい》があってか、ラッファエーレはわずかばかりに態度を軟化させた。少なくとも問答無用で疑わしきは罰せよ、とならないだけの理性と規則が存在するらしい。

仮にファウスト一行が被害者であったとするなら、仲間を失ったというのに抗議もせずに姿を晦《くら》ましている。これでウォルムに怯《おび》えたファウストが一時的に身を隠しているだけだと擁護するなら、茶番もいいところだ。拍手交じりに笑うしかない。

「それは実に文化的で、素晴らしい。それでも数度じゃ足りずに同じ話をするのは、流石に付き合い切れない。こっちは怪我人《けがにん》だ。それも深傷《ふかで》の」

ウォルムは繋《つな》ぎ合《あ》わされたばかりの首を誇示する。一瞥《いちべつ》したラッファエーレもこれ以上は不毛と話を切り上げに掛かった。

「まだ白とも黒とも言えん。処置が決まるまでは、ギルド内の客室で過ごして貰う」

「それは独房か、何かか」

「ふん、望むなら独房にでも入れてやろうか。感謝しろ。来賓用の客室だ。普段お前が寝ている迷宮の床や安宿よりも快適であろうな。きっと気に入るぞ。拘束はしないが、自由な行動は謹んで貰おう。勿論《もちろん》安全に配慮して〝護衛〟を付けた。おい、案内しろ」

一足先にラッファエーレが部屋を去ると、守衛とギルド職員がウォルムを淑女のようにエスコートしてくれる。冒険者ギルドというのは、何ともお優しい。いっそ手も差し出すべきか。有難《ありがた》く厚意を受け取ったウォルムは、窓の無い一室に案内された。

出入りする扉も一つだけ、壁を叩き回れば何とも頼もしい音が跳ね返ってくる。密談向けで、警護対象を守るのに適した部屋であろう。豪華な内装や調度品がなければ独房と造りがそっくりであった。

皮肉ではあるが、調書作成時に状況を繰り返し説明したことにより、脳内の整理は付いていた。ファウストに狙われた理由は単純である。単独で狙いやすく、魔法袋や金品を抱えていたからだろう。人であれ国であれ、富と武力が釣り合っていなければ災いは這い寄ってくるものだ。

「疲れた、な」

緊張が緩み、全身に押し掛かる疲労と痛みの数々が再燃する。目眩《めまい》を覚えたウォルムは、椅子に腰掛け身を預けた。

「……はぁあ、あのクソッタレめ、大口を叩くだけはあるか」

ラッファエーレの言葉を認めるのは癪《しゃく》ではあったが、皮張りの安楽椅子は安宿や迷宮の床よりも上質の寝床であった。結局、ウォルムはベッドに辿り着くことなく意識を手放す。寝られる時に寝る。ハイセルク時代の習慣は今も深く根付いていた。

◆

ウォルムを仕損じ、三魔撃により人狩りとしての正体が公《おおやけ》に晒されたファウストは、自身の痕跡を消し去り、裏ギルドの根城へと帰還した。外的な要因があったにしろ、無様な失態は何ら言い訳できるものではない。跪《ひざまず》いたファウストは二人を代価に得られた情報を己が主人に報告する。

「翁《おきな》、申し訳ありません。襲撃は失敗、メダルドとネーロを失いました」

「潜り込ませた目から、情報が届いている。あの二人も逝ったか。これで古き同胞も残り少なくなった」

翁は遠き記憶に耽《ふけ》るように視線を虚空に流した。幾ばくかの間を置き、ファウストに戦闘の仔細《しさい》を尋ねる。

「して、襲撃を悟られたのか」

「いえ、不意打ちを掛けた上で正面から二人が返り討ちに。奴も満身創痍《まんしんそうい》ではありましたが、あまりに時間を掛け、三魔撃の介入を防げませんでした」

不意打ち。それも周囲を取り囲んだ上で、あの傭兵を殺し切れなかった。対峙《たいじ》したファウストだからこそ実力を正しく評価できる。一対多数、それも人殺しを日常としていなければ得られぬ動き。ベルガナの冒険者に失われて久しい能力だ。

「そこまでの兵士であったか」

「近年では稀《まれ》に見る逸材かと。二つ気になる点が。奴は《鬼火》を使用しませんでした。耐火装備を整え、魔力の温存をしていたのですが、無駄となりました」

「魔力が枯渇していたか」

翁の投げ掛けをファウストは否定した。

「いえ、かなり損耗していましたが、まだ魔力を残していたかと」

「使えぬ事情でもあったか、試みが看破されていたか。判断は付かぬな」

「二点目ですが、追い込まれてからのあの眼、間違いなく魔眼かと」

場の空気は一層冷え込む。短い沈黙が続き、翁はファウストに確かめる。

「……完全な適合か？」

「いえ、濁り澱んでいました。不完全です」

メダルドとネーロを立て続けに葬った直後、ファウストは自身を捉えて離さぬあの眼を目撃した。金色に染まり開かれた瞳孔。そしてその眼は暗く、確かに濁っていた。

「で、あろうな。アレは一朝一夕に成し遂げられるものではない。しかし、魔眼、魔眼のう。魔眼持ちがこの平和で弛緩《しかん》した時代にも居《お》ったか」

ファウストは長年仕える主人の思案する際の癖を忘れるはずもない。翁は肉が削げ落ち、骨が浮き出た指を擦り鳴らしながら自問自答を繰り返す。

「北部諸国の大崩れ、大暴走、魔眼、規模はともかく納得はいく。何時の世も追い込まれた国家が通る道……我らの前に立ち塞がるとは、とんだ皮肉なものよ」

結論の出た翁は、心底惜しいと嘆く。

「大仕掛けの前に、是非とも欲しい素体ではあった」

「申し訳ありません。初撃で殺し切っていれば」

重ねての謝罪と悔いを口にしたファウストを翁は手で制する。

「よい、過ぎたことだ。準備は既に終えている。あとは時機のみ。なに、耐え凌ぎ待つのも慣れた身であろう……それも、あとわずかだ」

無意識であろうか、最後の言葉は強調される。ファウストとて、同じ思いを抱えていた。不意に訪れた恥辱の記憶に、自制したというのに腕が震える。

「翁、ファウスト、昔話は結構だが、アイツは弟の仇《かたき》だ」

空気を読んだか読まないか、裏ギルドの表向き支配者であるジーゼルは、しかめっ面で言う。確かにファウストは昔話が過ぎただろう。ファウストや翁と異なり、ジーゼルは若く待つことに慣れていない。

翁は拗《す》ねた教え子でも諭すように言う。

「分かっておる。そう逸《はや》るな。復讐《ふくしゅう》というのは、早ければいいというものでもあるまい。時間を掛ければ掛けるほど、呪いのように強くなることもある」

「まあ、翁が言うのなら、そうなんだろうな。だが今回の一件で、ウォルムに迷宮を離れられたら追い切れない。幾ら翁の命令とは言え、仇を見逃せねぇ」

「安心しろ。そやつは迷宮から離れられんよ。腐れ落ちる魔眼持ちが狙うのは、迷宮で潰《つい》えた者の血肉を吸いに吸った命の結晶、真紅草のみ。あれの花言葉は代償、犠牲、天秤。かっかっかっ、言葉通りになるとすれば、何を天秤に掛け、何を代償にするか」

翁の半身が膨れ動き、まるで別の生き物のように胎動する。

太陽が届かぬ暗闇の中で、妄執に取り憑《と》《つ》かれた老人の眼だけが怪しく光っていた。

◆

ウォルムが半強制的に無料宿泊施設で寝泊まりを始め、早四日が経とうとしていた。常時の監視付きとは言え、温かい食事が三食提供され、毎日の水浴びすらも許可。蓄積した疲労を抜き、睡眠不足を解消するには相応《ふさわ》しい場であり、連日治療魔術師による回復魔法まで掛けられている。負傷した方が健康的という逆転現象が生じていた。

とは言え、二日も休息を取れば体力だけがただ余る状況が続く。魔法袋をひっくり返しての整理に勤《いそ》しみ、酷使を続ける武具の手入れは既に数度に及ぶ。防具を磨き、衣類の洗濯などやれることはやりつくしてしまった。

面の手入れにまで乗り出したウォルムだったが、振動という頑強な抵抗に合い、早々に磨きを放棄している。

そもそも過酷な戦場で血肉や泥を浴びても、外す頃になるとどういう訳か面は清潔そのもの。仕組みを暴こうにも相手は声帯を持たぬ面。問いただす訳にも行かず、そういうものなのだと、半ば諦めていた。

「今日は何で暇をつぶすか」

昨晩は半長靴の磨きでお茶を濁して時間を過ごしたが、いよいよ万策尽きようとしていた。

馴染《なじ》みとなった安楽椅子に身を委ね長考するウォルムであったが、通路に気配を感じ取る。迷宮で閉鎖空間に於《お》ける時間の経過に慣れ、窓の無い部屋でも凡《およ》その時間は摑んでいた。昼食には早く、四日間で把握した守衛の交代もまだ先。立てかけていたロングソードを引き寄せ、意識を研ぎ澄ます。唯一の扉が小さく叩かれた。

「なんだ」

「連絡がある」

ここ数日で聞き慣れてしまった声だった。開け放たれた扉から子守を命じられた守衛が顔を覗《のぞ》かせる。

「お偉いさんの長い話し合いの結果、あんたは自由の身だ。荷物を纏めろ。別室で手続きがある」

手持ち無沙汰に陥っていたウォルムは、更なる暇つぶしを捻り出さなくて済みそうであった。実に喜ばしい。守衛も通路で佇む日々が終わりを迎え、その声色は何とも調子良さ気だ。

「分かった。直ぐに用意する」

退屈という毒物は心身を蝕《むしば》み、寝台横に防具一式を整列させていた。

順番通りに身に着ければ、完全武装と言った具合である。廊下でウォルムを待っていたのは守衛のみならず、常日頃世話になっているリージィであった。ギルド職員である彼女は、受付業務以外も熟しているのだろう。

「こちらです」

　リージィの背を追おうとしたウォルムであったが、正反対に足を進めるようとする守衛を目で追う。

「なんだ？」

　視線を受け、怪訝《けげん》そうに守衛が尋ねる。

「いや、あんたは来ないのかと思ってな」

「容疑は晴れた。リージィにも必要ないと言われている。それとも何か、やましいことでもあるなら別だが」

「まさか、俺は清廉潔白を売りにしている」

「はっ、早く行け。待たせるな」

　鼻で笑われたウォルムは、大人しくリージィの後を付いていく。会話は無かった。それでも気まずさはない。幾つかの通路を抜けたところで、一室へと招かれた。冒険者向けの面談室であろう。

　催促されるがままウォルムは椅子に腰を落とす。

「地上への帰還、おめでとうございます」

「……ありがとう」

　邪気の無い微笑《ほほえ》み。純粋に帰還を労《ねぎら》う優しい投げ掛けだった。慣れぬ善意にこそばゆさを感じながら、ウォルムは素直に礼を返す。

「マンハントについてですが、ファウストさん……いえ、ファウストはギルドの教導役も務めていました。後輩への指導は評判も良く、彼が人狩りだったと発覚して、ギルド内部には激震が走っています。支部長と副支部長は管理不行き届きだったと、侯爵様の居城へ謝罪と対策を練りに赴きました。守衛を中心にファウストの捜索は続いていますが、未《ま》だ足取りは掴めていません。住居も手が回る前に焼き払われていました。こちらの不手際です。申し訳ありません」

その後の顛末《てんまつ》を伝えられたウォルムは納得がいった。

あれほど巧みな役者だ。ギルド内部で正体が掴めなくとも無理はない。捕縛失敗に関しても莫大《ばくだい》な人口を抱える迷宮都市だ。人を隠すにはうってつけの場所と言える。それも長年の土地勘と実力を持つファウストであれば、今頃、国外まで逃《に》げ果《おお》せたとしても不思議ではない。

「事情は分かった。迷宮内の出来事だ。後手に回るのも無理はないさ」

「……そう言って貰えて助かります。今回、ウォルムさんは人狩り二人を討伐しました。基本的に、迷宮内で排除した人狩りの所持品については、討伐した探索者のものです。ただ、今回は三魔撃のパーティーの功績もある為、そちらにも振り分けが必要になります。また、ギルドから人狩り一人に付き、一枚の中金貨が払われます」

「俺は半分でいい。二人は確かに俺が仕留めたが、実際、酷い手負いだった。ファウストが敗走を選んだのも三魔撃の牽制があってのものだ。あのまま殺し合っていれば、俺が死んでいたかもしれない」

「本当に、よろしいので?」

「ああ」

意思を再確認したリージィは、座卓に書類を並べると細かい条件を書き足す。ウォルムはそこにサインを記し、所持品の取り扱いが決まった。

「これで、ギルドからの連絡は完了しました。ここからは、個人的な話です」

リージィは表情を引き締めた。硬い表情から強い意志が伝わってくる。ウォルムは姿勢を改め向かい合う。

「ウォルムさんは再び迷宮に潜ると思います。三十階層に到達した直後に、ファウストのパーティーを退けた実力は、この迷宮都市で最も優れた探索者の一人であることは疑いの余地はありません。それでも、下層以降の死傷率は跳ね上がります。ファウストも、三十五階層以降には辿り着いていません。三魔撃ですら、深層の壁に阻まれています。他国の選抜された探索隊も同様です。ウォルムさんが如何《いか》に頑強でも、一人では無理です。恐らく……いえ、確実に死ぬでしょう」

なかなかに辛辣な一言ではあるが、その言葉には説得力があった。ウォルムは遮ることなく耳を傾ける。

「目標は迷宮の制覇ですよね？　何か事情があるのでしょう。それが拘りか、過去の苦い記憶か、私には分かりません。それでも仲間を集い、パーティーに入るべきです。勝手な言い分だとは思います。それでも私はウォルムさんに死んで欲しくはありません」

ここまで激しく、親身な言葉をぶつけられたのは何時以来か。今は亡き両親や兄達、かつての分隊員の姿が浮かぶ。惜しみなく本音で語るリージィの助言を無下にする訳にはいかない。

「……そう、だな。俺も考えが甘かった。パーティーを探そうと思う」

実際、三十階層の魔物には魔力の消耗を強いられた。階層を重ねるごとに、魔物はしぶとく、悪辣になっていく。一人で全て成せると宣《のたま》うほど、ウォルムは思い上がっていない。己の無力さはダンデューグ防衛戦や故郷で散々に思い知らされた。気乗りはしないが潮時であろう。

「良い返事を頂けて、良かったです」

「いや、こちらこそ、ありがとう」

「それでは早速、募集用の用紙を書きましょう。掲示には料金が掛かりますので、報酬から差し引いておきます」

ウォルムはリージィに求める仲間の条件を伝えていく。老若男女も国籍も関係はなく、条件はさほど細かくはない。迷宮の底を目指し、耐え得る者。それが求める仲間の理想像であり、唯一譲れない点であった。

「まあ、ただ、焚《た》き付《つ》けた後に、こんなことを言うのは憚《はばか》られるのですが、ウォルムさんは冒険者ではないのに加え、到達する階層、それも人狩り事件の後だと、なかなか募集に時間が掛かるかもしれません」

まるで不良物件を取り扱う営業者のような口ぶり。その様子があまりにおかしく、ウォルムは漏れ出た息を殺すのに、精一杯となる。

「ふふっ、くく、まぁ、そうだよな。大丈夫だ。自覚はしてる。奇特な奴が現れるのを、気長に待つさ」

まだ薬に届く金額ではないにしろ、硬貨袋に小金は集まりつつある。《鬼火》が使えぬ不自由さがあるとは言え、潜り続ければ薬代が貯《た》まり、そのうちに仲間も見つかるかもしれない。

「だ、大丈夫ですよ。ウォルムさんなら、きっと良い人が見つかりますす」

「あまり慰めないでくれ。笑ってしまう」

神妙な面持ちと使い古された慰めの文言は、強力な組み合わせだった。その気があったか、偶然かは定かではない。互いに顔を見合わせるといよいよ限界であった。我慢できず互いに破顔させ、声を漏らす。

どうやら受付窓口の勤務態度の一部は欺瞞であったようだ。真面目な顔をして冗談を言うタイプだろう。迷宮都市の住民というのは名役者が多い。一頻《ひとしき》り笑ったウォルムは苦言を呈した。

「はぁー、困った悪戯好きめ」

「私が悪戯好きなら、ウォルムさんは問題児ですよ」

肩の力が自然と抜けていく。肥大化するばかりであった焦燥感はリージィにより和らぎ、落ち着きを見せていた。

◆　第五章　暗夜の灯火

日夜命を掛け迷宮の探索に挑む者にとって、酒場は欠かせない存在であった。命の水とも呼ぶべき酒は迷宮内での不満や疲れを労《いたわ》り、新たな交流を育む。時には拳による原始のコミュニケーションが図られ、客達《たち》へ即席の余興が提供される。

駆け出しを脱しようとしているペイルーズのパーティーは、酒場を夜間でも利用可能な食事処《しょくじどころ》、冒険者との交流、情報収集の場として活用していた。順風満帆に階層を深めているが、何時《いつ》足を掬《すく》われるか分からない。

転ばずに歩むのは凡人であるペイルーズには不可能だろう。何時かは必ず転ぶ。故に迷宮生活で転び、起き上がってきた先達に、上手な転び方を習うのだ。思考が硬直化しやすい地下生活では、横の繋《つな》がりは兎《と》にも角《かく》にも重要であった。

そんな実利と食生活を兼ねて繁《しげ》く酒場へ通うペイルーズだが、ここ数日で重々しく変化した店内の雰囲気を感じ取ってしまう。

勿論《もちろん》、以前のような馬鹿騒ぎはあるものの、とある共通の話題が店内で減ることはない。それは迷宮内で予《かね》てから噂《うわさ》されていたマンハントの存在だった。

今となっては誰が言い出したかも不明。

ペイルーズが聞かされた話では、中層以降に潜った探索者の不自然な全滅の多さ、血肉や死体を等しく飲み込む迷宮で死体だけが消える現象、セーフルームに残された戦闘痕が人狩りを噂する冒険者の主張であった。

たかが噂、思い込みが過ぎると笑い飛ばす者も居た。それが現実であることが三魔撃のパーティーにより暴かれ、ギルド内は蜂の巣を突いたかのような混乱に陥っている。何せ人狩りと目される探索者はあのファウストであったからだ。

ベルガナ支部の現役冒険者としては最古参。教導役を務めたこともあり、停滞する後輩の相談にも気さくに応じていた。探索者としても多くの富を都市に齎《もたら》してきた存在。それが人狩りであったとなれば、人々の動揺は避けられない。ペイルーズとてその一人であった。

「見たか、あの張り紙」

「あの傭兵《ようへい》のだろ？」

中堅冒険者二人の短いやり取りだというのに、それだけでペイルーズには話が理解できてしまう。迷宮であの傭兵と言えば、ウォルムと呼ばれる流れの傭兵であった。

「そうだ。深層行きのパーティーを募集しているんだと」

「募集ね。だが、あのウォルムとか言う傭兵は冒険者ですらないんだろ。パーティーというより、あれじゃ荷物持ち《ポーター》や富裕層向け迷宮案内人《ガイド》の類いの雇用関係だな。しかも能力も素性もギルドは把握していない。扱《あつか》い難《にく》過《す》ぎる」

「だがよ。三十階層以上に単独で潜る奴《やつ》だぞ。利益重視の三、四人編成のパーティーが取り込みを狙っても不思議じゃないだろ」

「そう上手《うま》くいくのかね。二人も殺すような狂犬だぞ」

「正当な防衛ってやつだろ。それに死んだのは人狩り二人だ……まさか、あの卑劣漢を擁護するのか？」

「そうじゃねぇがよ……理性では分かってるさ。あの流れの傭兵は悪かないって、降り掛かる火の粉を払ったんだろ。だがな、右も左も分からない俺に、手解《てほど》きをしてくれたのはファウストだった。はぁ、なんだってんだ」

「童話みたいに油断させて、肥え太らせてから食うつもりだったんだろ」

　酒精の影響もあるだろうか。酔いが回った冒険者は小馬鹿にするように言う。対するもう片割れの冒険者の目付きが鋭くなるのを、ペイルーズは見逃さなかった。好ましくない兆候だ。手にしていたパンを一挙に口に放り込む。

「お前はッ、そんな言い方しかできねぇのかよ!!　そもそも人狩りなんかしなくても、ファウストは一流の冒険者だった。金になんて困っていなかったろうに」

「はっ、年季の入った殺人者の間違いだろうが。奴がさっさと縛り首になって、市中に晒《さら》されるのを俺は願ってるぜ。そんなんだから騙《だま》されんだよ。間抜け」

「吐いた言葉は呑《の》み込《こ》めねぇぞッ」

「上等だ。掛かってこいよ、口だけの間抜け野郎」

両者は言語から拳を相まみえる交流へと切り替えた。余波により鉄製のカップと容器が床にまき散らされ、開戦を打ち知らせる楽器と化す。

「おう、喧嘩《けんか》だ。喧嘩っ」

「どっちに賭けんだ？」

「フェンローにボトル一本」

「あーあ、あいつら酒でふにゃふにゃじゃねぇか」

「腰が入ってねぇぞ。踏み込めぇ、距離詰めろ」

騒ぎに気付いた野次馬が対立を煽《あお》り立《た》てた。隣席で食事をしていたペイルーズは巻き込まれてはたまらないと、パーティーメンバーに指示を下す。

「ほい、フぇーフルをもて、ふぁしにほけるぞ」

パンは加えたまま。ほがほがとした口調であったが、意図は正しく伝わった。リークとドナは阿吽《あうん》の呼吸でテーブルを摑《つか》み、倒れやすい酒瓶をペイルーズが運ぶ。残るマッティオは悪い意味で何時も通り。詰め込めるだけの料理を口に詰め込み、大皿を抱え込む。青筋を立てたドナが吠《ほ》えた。

「もっー、マッティオ!!　何時まで食べてんのよ!!?」

「無駄だって、そいつは飯に関しては筋金入りだ」

リークの言葉にペイルーズは全面的に同意する。

あまりの食い意地に、餓狼《がろう》の呪いか悪霊でも憑《と》り付《つ》いているのではないかと、ペイルーズは半ば本気で信じている。安全地帯へとテーブルの移動を終えてわずか数秒後、取っ組み合いを始めた中堅冒険者達が、ペイルーズ達の席が設けられていた場所にまで縺《もつ》れ込《こ》む。

「うぉっ、間一髪だな」

「そうね……昨日も同じ話題で別の人達が殴り合ってなかった？」

本来であれば模範となるべき中堅冒険者の醜態。ドナは床を縦横無尽に転がりまわる二人を冷めた目で追う。ファウストは酒場においても抑え役となっていた。その存在が裏返り火種となっている。暫《しばら》くは抑制などできやしない。

「暫くはこの話題は尽きないだろうな」

「しかし、あの傭兵さんが募集ねぇ」

リークは意味有り気に呟《つぶや》くが、その単純な意図はペイルーズでさえ読み取れる。

「無駄な考えはよせ。俺らじゃ釣り合わない」

利益だけを考えるなら、これほど頼りになる助《すけ》っ人《と》は居ないだろう。だが不利益も加味するとなると話は別。実力差による取り分の不均一が生じる上に、中層以降の魔物ともなれば、未成熟な若手に分類されるペイルーズ達では、即死する未来しか浮かばない。揉《も》めごとが起きても既存のパーティーメンバーでは抑えもできないだろう。何より傭兵であるウォルムとは交流も無い。

長期間の信頼と実績があったファウストですら、ギルドと都市に対する利敵行為を働き欺いたのだ。最近流れ着いたばかりの傭兵を直《す》ぐに信用できる人間など居ない。形式上とは言え、パーティーを預かるペイルーズとしては、加入を賛成できない。そもそも魅力的とは言《い》い辛《づら》い四人だ。まず断られるのがオチであろう。

「分かってるよ。それでも迷宮の深層までのパーティーを募集する、なんて俺も言ってみたい」

「遥《はる》か遠く、霞《かす》んだ夢だな。昔はそういう募集もあったらしいが」

ペイルーズは薄れた記憶を探る。兵役に就いたことのある村の最長老が、収穫祭で昔話を延々としていた。哀れな犠牲者であるペイルーズは、毎年その餌食となっており、その中には軍団解散時の路銀や村への手土産に、奪取されたばかりの迷宮の使用が半ば黙認されていたという。

「確か、統一戦争終結直後は、軍務を終えた民兵や軍縮で暇を貰《もら》った将兵が迷宮で食《く》い扶持《ぶち》を稼いでたはずだ」

「詳しくは知らないけど、統一戦争ってもう八十年以上前でしょ」

「統一戦争時、群島諸国内で起きた戦いの中でもベルガナは最大の激戦区だぞ。兵士だけでも十万は死んだんだ。そのくらいは知っとけ」

市街戦にまで縺れ込んだ戦いは陰惨を極め、日頃から氾濫した河川のように昔話が流れ出る最長老も、言葉を濁すほどであった。

「昔話なんてされても、今を生きる俺らには役に立たないぜ」

　リークはわざとらしく息を吐き出し、左右に首を振った。その妙に腹が立つ顔に、ペイルーズは抱えたままの酒瓶で頭を小突く誘惑に駆られる。きっと心地よい福音がするだろう。

「あんたと一緒にしないでよ」

　恐らくはドナも同じ思い。誘惑と自制心の迫《せ》り合《あ》いの末、僅差で理性に軍配が上がった。

「はぁ、祖父の気も知らないで」

　安全圏に非難させたテーブルに酒瓶を置いたペイルーズはぼやく。

　卒寿を越える年齢で、孫を心配して単身迷宮都市にまでやってきたご尊老の姿が浮かぶ。御仁にはペイルーズが冒険者になる手解きを受けた恩がある。つい先日も頭を下げてリークの面倒を頼まれた。聡明《そうめい》な祖父に反して孫は猪突猛進《ちょとつもうしん》の道を行く。

　リークとは気心が知れた仲だ。前衛としても頼もしい力量はある。それでも一つ高望みするならば、祖父の半分でもいい、思慮深さを学んで欲しかった。

「……手本があれじゃなぁ、無理か」

　ペイルーズは諦観の言葉を吐いた。先輩方の決着は未《ま》だ付かず、お互いに手足を絡めた泥仕合の様相を成している。混迷はまだまだ続きそうであった。

◆

ファウストとの死闘を経て、ウォルムの生活環境には変化が生じていた。これまで迷宮で擦れ違う一部の冒険者に、探るような眼差《まなざ》しを向けられることはあった。だが、今やその視線は待機場にまで及ぶ。好奇心と猜疑心《さいぎしん》が入り混じった粘着質な視線は四六時中続き、まるで常に覗《のぞ》かれているような不愉快さ。

言いたいことでもあるのかと向き合えば、視線は直ぐにはぐらかされる。一時的に途絶えたとしてもまた別の冒険者が繰り返す。全《まった》く以《も》ってキリがない。煩わしい視線と有り余った体力は、再びウォルムを迷宮へと誘うには十分な動機となった。やることは変わらない。深層を目指すパーティーが見つかるまで自己研鑽《じこけんさん》を重ね、魔眼の延命を図る。ただ、それだけだった。

皮肉にもマンハントとの闘争はウォルム自身すらも変えた。

ハイセルク帝国崩壊後、一年に亘《わた》り怠惰に身を任せて心身共に錆《さ》び付《つ》いた。多少の訓練と実戦を積んでも、兵役時代の動きを完全に取り戻せず悪影響は長引く一方。そんな鈍りは綱渡りの殺し合いで研磨され、削《そ》ぎ落《お》とされた。

硬直がちであった思考に柔軟性が生まれ、オーバーワーク気味であった身体《からだ》も休息により元来の精彩を取り戻す。

休息中のブランクは存在しなかった。寧《むし》ろ以前よりも短期間で階層を深め、立ち塞がる魔物を葬っていく。三十階層休憩室に辿《たど》り着《つ》いたウォルムは、とある場所で膝を落とす。一見すればありふれた石畳の床だが、当事者にとっては大きな意味を持つ。

「汚れや傷一つも無しか」

人狩りとの殺し合いの跡は何ら残されていない。

迷宮の自浄作用によりすっかり綺麗《きれい》になったのだろう。あの時、釦《ボタン》を一つでも掛け違えていれば、人狩りではなくウォルムが死んでいた。死は何ら残されることなく、この世から綺麗に消え去る。そして魂は迷宮に囚《とら》われるという。

一呼吸置き、伏せていた視線を戻す。休憩室には誰も滞在していない。多少の奇行を取ったところで咎《とが》める人間など居なかった。

休息を挟み意識を切り替えたウォルムが目指す先は、次なる階層への扉であった。階層を区切る扉にそっと手を押し当てる。わずかな抵抗の末に開かれた扉から顔を覗かせると、生温《なまぬる》い風が頬を撫《な》でた。

迷宮の内装には変化はない。これまで通りの壁や天井が続く。それでも確信がある。これまでの経験則に当てはめれば、次の休憩室までが山場であろうと。斧槍を振れば頼もしい重さと、風を裂く音が耳に届く。石畳を蹴る足も心構えも万全であった。軽く息を吐き出し、ウォルムは迷宮の攻略を再開する。

歓迎は直ぐに訪れた。通路の端に溜《た》まっていた礫《つぶて》が震え、振動は否《いや》が応《おう》でも靴底から膝へと這《は》い上《あ》がってくる。ヒカリゴケにより暗闇から浮かび上がったのは重騎兵隊であった。戦場でも馴染《なじ》み深い存在であり、その衝撃力を活《い》かした正面突破は戦況を決定付ける力を持つ。

「あの馬面《うまづら》、ケンタウロスか」

当然、迷宮に重騎兵など居るはずもなく、馬の下半身と人型の上半身を持つケンタウロスがその身を防具で覆った物が正体。人馬の意思疎通が必要ない分、重騎兵よりも厄介であった。

ウォルムは直ぐさま魔力を練り込む。圧倒的な質量差と速度差は強力無比な攻撃を生み出す。小手先の技も、生半可な魔法も許されない。

防御陣地無しで対処するには、集団で槍衾《やりぶすま》を形成するか、弓や魔法で遠距離から打ち倒す方法が選ばれる。独り身の傭兵が取り得る選択は、魔法による突撃の阻止行動のみ。不幸か幸運か、直線の通路ではお互いに逃げ場など無い。

火球《ファイアーボール》を作り上げたウォルムは、先頭の騎馬目掛けて放った。

下腹部と床の間で効力を発揮した火球は、ケンタウロスの防具を焼き曲げると前足をへし折り、臭気に塗《まみ》れた内臓を大気に晒す。それでもウォルムが望んだ成果とは程遠い。分厚い身体と鎧《よろい》に阻害され、後続の二騎は尚《なお》も駆け寄る。

既に間合いは詰まり、二射目が限界であった。寸前まで引き寄せ必中の間合いに誘い込んだウォルムは、再び火球を撃ち込む。胸元に直撃した魔法の影響は絶大の一言。

蒼炎《そうえん》に包まれた身体は、胸元を中心に鎧ごと毟《むし》り取《と》られ、首はわずかな筋と皮で繋がるのみ。命を喪失した巨体は制御を失い転がり、床に衝突して止まる。爆炎は最後尾をも飲み込む。戦果の拡大を望むウォルムであったが、火の中からずるりと騎馬が姿を現す。

「生焼けかよッ」

多少焦げ付き、立派なたてがみが失われているが、その脅威は健在であった。三射目は間に合う距離ではなく、居直りを決めたウォルムは斧槍を突き出すように構え、半身で待ち受ける。近づけばその巨大さが目に付く。

遥か頭上に掲げられた槍が鋭く伸びる。巨体に見合った剛槍《ごうそう》の間合いは長く、受け身にならざるを得ない。槍先《やりさき》同士が擦れ合い、爆《は》ぜるように道を分かつ。槍を捌《さば》いたウォルムではあるが、まだ騎兵たる攻撃が残っていた。質量と速度が合わさればそれだけで力へと変わる。騎馬であるケンタウロスもその特性を押し付けようとしていた。

半人半獣の化け物は身体を傾け、その進路を捻《ね》じ曲《ま》げる。蹴られても胴部に撥《は》ねられてもただでは済まない。姿勢を逸《そ》らし、重心を後ろへと偏らせたウォルムは、片足を軽く畳みながら地面を滑った。焼けた体毛の臭いを鼻腔《びこう》に吸い込み、脚が眼前を過ぎていく。

石突きと片腕で跳ねるように起き上がるウォルムに対し、ケンタウロスは馬蹄《ばてい》を突き立てながら、身体の位置を反転させる。文字通りの人馬一体。見事な動きであったが、騎兵としては致命的な行動であった。

速度を捨てた騎馬など、どれほどの強みが残るというのか。

幾ら健脚であろうと初速はさほど出ない。ウォルムは迎合する形で間合いを詰める。接近を拒むように槍の薙《な》ぎ払《はら》いが繰り出されるが、やはり速度が乗っていない槍は、先程までに比べて軽かった。《強撃》により穂先を落とされたケンタウロスは、腰からサーベルを引き抜く。

鞘《さや》から剣の切っ先が覗く頃、ケンタウロスの頭部は迷宮の床にごとりと落ちた。頭部という中核を失い硬直した身体は、ピンと四肢を伸ばしたまま倒れ込む。これが平野であればより苦戦もしただろうが、騎兵の持つ特性と迷宮の戦闘の相性は悪い。

「戦場を選べないのは兵士だけじゃないようだ」

斧槍の血糊《ちのり》を打ち払い、素早く死体を漁ろうと手を伸ばしたウォルムは舌打ちを放つ。既に新手が迫りつつあった。三十階層以降に潜れるパーティーなど殆《ほとん》どいない。これまでの階層に比べて、魔物の間引きはされていない。そうなれば一つのパーティー当たりの負担が急増するのは、自明の理とも言えた。

「よりにもよって、武装トロールッ」

望まれない来訪者の名はトロール。ゴブリン同様のできものだらけの醜悪な皮膚、肥大化した腹部を持つが、その大きさは人間と比べると大人と幼児ほどの開きがある。何よりその再生能力は、人型としては破格と言えた。千切れた腕は添えるだけで繋がり、裂いた喉も時間と共に塞がる。そんな魔物が防具を身に着けていた。

白兵戦では泥仕合が必至。かと言って魔法で滅ぼしていけば、魔物が犇《ひし》めくことになる。何とも素敵な状況であろう。だが、これからはこれが日常になる。慣れなくてはいけない。愛想笑いも浮かべずに、ウォルムは来客を迎え入れた。

◆

床から伸びた火柱が、無用心に間合いを詰めたオーガの半身を飲み込む。皮膚は一呼吸も待たず焼け落ち、筋や骨にまで達する。オーガ一体を葬ったウォルムは、視線を走らせ首を振りながら、脅威に対応していく。

「ふっ、っう‼」

火柱と焼け落ちた鬼の死体を盾に、ウォルムはこの日五体目となるオーガに斧槍を突き入れた。柔らかい首筋を狙う一撃ではあったが、ロングソードで弾《はじ》かれる。同種の喉が槍先で突かれたことで、間合いと突きの速度を学習しているらしい。勉強熱心な武装オーガは喜々として踏み込んでくる。

　ウォルムは手のひらの中で柄を回転させながら、オーガの前進を上回る速度で柄を引き戻した。刺突には鋭敏に反応した大鬼も、引き戻しには無警戒であった。

　背後から追い付いた斧槍の鉤爪《かぎづめ》が頸《くび》から食い込むと、脊髄と大動脈を無茶苦茶に寸断する。喉と口腔から夥《おびただ》しい血を噴き出し、白目を剝《む》いたオーガは即座に生命活動を放棄した。

　間髪容《い》れずに、横合いからは不快で歪《いびつ》な風切り音が迫る。発生源は非対称の頭部を持つ戦鎚であった。回避の為《ため》に傾かせた姿勢に合わせて、ウォルムは飛《と》び退《の》く。先程までウォルムの胸元があった空間を円錐《えんすい》形状の金属塊が通過していく。

　両手持ちの戦鎚は頭に重量が集中しており、斜め上段から振り下ろされた一撃は、重さと速さを両立させていた。事実、石畳さえも叩《たた》き割《わ》る打撃力を考慮すれば、防具ごと中身が砕け散るだろう。唯一惜しむべくは、このオーガが床に一撃を直撃させせてしまったことであった。

「遅い、な」

　食い込んだ戦鎚の頭を引き上げようとするオーガだが、ウォルムの靴底が柄を踏み付ける方が速い。そしてオーガは選択を誤った。戦鎚に固執し、人間を薙ぎ払おうとするが、顎下から滑り込んだ穂先が脳を蹂躙《じゅうりん》する。

　喧騒《けんそう》がぴたりと止《や》み、ウォルムの呼吸音と最後のオーガが倒れ込む鈍い音だけが響く。

「手早く済ませろ、一分以内だ」

達成感に酔いしれる暇などない。火球で散り散りとなったオーガを除き、死体に手を付けていく。勿論、槍先を捻《ねじ》り込《こ》むのも忘れていない。魔法袋の容量の限界を迎えた為、嵩張《かさば》る武器や防具類は捨て置き、収集した物品を収めていく。悪銭交じりではあるが、小金貨一枚、銀貨三枚、それに銀製のフォークとスプーンが一本ずつであった。

「大鬼の癖に食器か」

迷宮に潜る際に冒険者の多くは嵩張る荷物を嫌う。食事は手で摑み、千切り、口に放り込むという食器とは無縁の生活をしている。魔物であるオーガが食器を利用していたとなれば、冒険者の食文化の豊かさは魔物以下であった。

死肉を漁《あさ》り、足早にその場を後にしようとしたウォルムは、これまで繰り返されていた襲撃が一向に始まらないことに気付く。煩わしい奴らであったが、押し掛けて来ないなら来ないでまた不穏であった。待ち伏せでも企《たくら》んでいるか、それとも大部屋に詰まりでもしたか、答えのない想像ばかりが膨らむ。

警戒を強めるウォルムであったが、程なくして答えが転がり込んだ。正確には転がっていたと言える。通路に残されたソレは、ぶつ切りにされたトロールであった。その傍らには上半身と下半身が泣き別れになったケンタウロスが添えられている。

迷宮では魔物同士の共食いなどは生じない。ましてや得にもならない同士討ちなど、興じはしないだろう。よくよく死体を注視すれば、死後漁られた痕跡が見える。

「先行しているパーティーが居たのか」

三十階層以降で初めて見つけた同類の痕跡であったが、ファウストとの一件もあって素直には喜べない。血は乾き切っておらず、迷宮の自浄作用も加味すれば、そう遠くはないだろう。

注意深く残された痕跡を辿《たど》っていく。追跡の手解きは、リベリトア商業連邦との小競り合いで経験済み。大雑把な分隊長は性格に反して人一倍足跡を気にしていた。柔らかい若草を踏み付け、兜《かぶと》を小突かれた苦い経験がウォルムの脳裏に蘇《よみがえ》る。

「痕跡も、足跡も隠す気はないな」

専門ではない追跡だが、戦場で学んだ手法は裏切らなかった。足跡と暴風にあったかのような魔物の死体がウォルムを導く。

戦闘音が耳に届くようになり、程なくしてその集団に追い付いた。迷宮内でも開けた空間を持つ部屋は、大広間と呼ばれる難所である。その殆どは階層を重ねる上で避けては通れない上に、交差路となっていた。

そんな大広間ではオーガに加え、サイクロプスまで交えた大乱戦を繰り広げている。対する五人組のパーティーだが、その戦い方には何とも呆《あき》れる。

探索者の戦斧《せんぷ》とオーガの戦棍《せんこん》が真正面からぶつかり合う。鍔迫《つばぜ》り合《あ》いに陥ると思われた一撃は、魔力を帯びた戦斧が一方的な勝利を遂げた。《強撃》は戦場や迷宮で目にする《スキル》ではあるが、驚くべきはパーティー全員が武器に魔力を纏《まと》わせ、その威力を存分に発揮していることだ。

鋼鉄で音色を奏でる戦場楽団に消音性もあったものではない。打楽器に誘引された魔物の残骸は其処《そこ》ら中に散らばる。少なく見積もっても十体を超す。一帯の魔物が全て詰めかけた上で、大部屋のサイクロプスまで相手取っている。

五人のうち四人は共通した身体的特徴を持つ。身長はウォルムの目線ほどの矮軀《わいく》ではあるが、鎧の上からでも分かるほど胸板は分厚い。巌《いわお》のような手足、胸元まで伸びた豊かな髭《ひげ》を靡《なび》かせて戦斧を振り回す。鉄の暴風とも呼ぶべき戦い方が、眼前で繰り広げられていた。

「……あれがドワーフか」

見たもの全員が口を揃《そろ》えて言うであろう。目の前の戦士がドワーフでなければ、何をドワーフと指すのか――。

大陸で繁栄を遂げる種族は人間や魔物だけではない。エルフ、ドワーフ、獣人がそこに名を連ねる。四人のドワーフに交じり、獣を連想させる尾と耳を持つ探索者は獣人であろう。

その胸当てには、四本の幹が絡み合った大樹の絵柄が刻まれている。北部諸国のウォルムでさえそのエンブレムは知っている。エルフ、ドワーフ、獣人、人間四氏族の結束と団結を森に誓った大同盟であり、覇権国とされる三大国の一角、アレイナード森林同盟の国章であった。

取り巻きを失ったサイクロプスは半狂乱に棍棒《こんぼう》を振り回す。石畳は砕かれ、礫が散弾のように撒《ま》き散《ち》らされる。一見すれば一つ目の巨人が優位に暴れ回っているように映るが、その実態は酷《ひど》く追い込まれていた。

手足が無秩序に動く度に身体の何処《どこ》かが削がれていく。対するドワーフと獣人は粉塵《ふんじん》が舞い散る中で、巨軀《きょく》を見失うことなく的確に得物を振るう。鈍く光る斧身によりサイクロプスの両足首の筋が断たれてからは、もはや一方的な戦闘となった。

「……凄《すさ》まじいな」

抵抗は空振りに終わり《強撃》により四肢を削られていく。まるで大人向けの達磨《だるま》落としの様相だ。そうして一つ目ごと頭部が斬り落とされるまでには、さほどの時間は掛からない。乱戦により大広間は赤一色に彩られ、大気に晒された魔物の臓腑《ぞうふ》が強烈な臭気を漂わせる。

間引きされていない下層とは言え、これだけの数が短期間で討ち取られれば、追加の魔物は暫く訪れる訳もない。戦闘の終焉《しゅうえん》まで見守っていたウォルムであったが、傍観者には成り得なかった。

「なんじゃ、お前!!　さっきからちらちらと見よって」

ドワーフの一人が脂と血がこびり付いた斧頭を布で拭きながら、眉を吊《つ》り上《あ》げてウォルムに苦情を申し立てた。大広間を通過する為の順番待ちとは言え、確かに断りもなく戦闘を観察した。覗き見したつもりはないものの、指摘は的外れなものではない。

「すまな――」

「うぅん？　見ん顔だ。何処《どこ》のパーティーじゃ」

謝罪と弁解を口にしようとしたウォルムであったが、独り言とも投げ掛けとも取れる言葉により遮られる。そしてより一層来訪者の顔を識別する為か、戦斧をぶらぶらと手に下げたドワーフは距

離を詰めてくる。

あまりにもがさつな詰め方にウォルムは戸惑いを覚えた。

人狩りの一件もある。一先《ひとま》ずは制止した方が得策に違いない。とは言え、結果的に戦闘を覗き見てしまった引け目もあり、どう言葉を選ぶべきか。そんな傭兵の窮地を魔物の解体に勤《いそ》しんでいた別のドワーフが救った。

「何をサボってんじゃ!! 早く手伝わんか」

「煩《うるさ》いのう。少し待たんか!! ほれ、そこに見慣れん奴がおる」

「お前、酒でも飲んどるんか……誰じゃ、そいつ」

「知らんわ。途中から居《お》った」

「おい、見てみろ、新顔がおるぞ!」

散っていた他のドワーフと獣人までもが、奇妙な物体でも落ちていたとばかりに、ウォルムの下《もと》へと集う。上背がないにもかかわらずその厚みは何とも圧迫感があった。それに迷宮内で発して良い声量とは思えぬほど、声が大きい。周囲から魔物が集結したのもある意味頷《うなず》ける。

「おぬし一人か」

仲間同士の騒がしい言い合いから一転、興味は再びウォルムへと向けられる。

「ああ、俺一人だ」

ウォルムの答えに、ドワーフ達は怒っているのか、笑っているのかも判断が付かぬ声色でまくしたてる。

「生意気に落ち着いておる」

「泣《な》き喚《わめ》かれるよりもええわ」

「斥候《せっこう》役にしては、嵩張る斧槍じゃな」

ウォルムは遅まきながらに理解した。怒気交じりではなくこう言った喋《しゃべ》り方《かた》なのだと。

「それで、後続の仲間は何処におる」

「仲間は居ない」

「居ない？　なんじゃ、仲間を見捨てたのか」

「かァっー、なんと見下げた奴じゃ!!　鎚で根性を叩き直した方がよいぞ」

「いや、そうじゃなくて――」

本人達は無自覚であろうが会話の癖が強く、質実剛健な背格好も手伝い他者への激しい圧力となる。訂正するタイミングを見失い困り果てたウォルムであったが、一人距離を空け沈黙を貫いていた獣人が会話に割って入った。

「ファウストのパーティーを返り討ちにした奴だ。そいつ酷い死臭がする」

迷宮内では仕方ないとは言え、ウォルムは人並みには身だしなみを整えているつもりだった。それでも嗅覚に優れる獣人にとっては、色んな意味で臭うのだろう。一方のドワーフ達はそんな獣人の忠告も気にもしていない。

「おう、なんだ、あの傭兵か。なら早く言わんか」

「一人でここまで来られる奴を狩ろうとするとは、ファウストも阿呆《あほう》じゃのう」

「しかし、見慣れない鎧じゃ。何処の出だ？」

「待て待て、わしが当ててみせるぞ。その系統の鎧は……ハイセルク帝国じゃろう」

今まで出身を言い当てられたことはなかった。ウォルムは正解を口にしたドワーフに目を滑らせる。

「ふははっははっ。ほらみろ、当たりじゃ。わしは鎧に詳しいからのう」

ウォルムの視線から回答を得たドワーフは自慢気に胸を張る。豊かな髭と張った胸も加わり、何とも豪気さを漂わせていた。

「何を小鹿のように警戒しておる。露骨に手助けせんかったら、迷宮の厄災を引き寄せかねん。それにわしらの装備は自慢の一品じゃ、おぬしのなど要らんぞ」

警戒を解かないウォルムをドワーフ達は笑い飛ばした。人狩りとのいざこざを知った上での言葉であり、何とも遠慮のない物言い。

深層に潜り続けた弊害か、種族によるものか。それがどうであれドワーフ達に対する不快感は無い。気が滅入《めい》る地下迷宮で、竹を割ったような性格は好むべき対象であった。

そもそもウォルムは農村生まれ、それも戦地に身を置いてきた。当然、高貴な血筋でも礼儀に煩い人間でもない。一兵卒としての戦場は遠慮も配慮も好まれず、意味を成さなかった。そんな経験もあってだろう。ウォルムは血肉の海の中で笑い、語り合うドワーフ達に懐かしさと頼もしさすら覚える。

「最近じゃ新顔も珍しい。がめついメイリス共和国のデカブツ共は隊を引き上げて、交代要員も派遣せん」

「三十五階層以降に潜る奴は少ないのか」

「両手で足りる数のパーティーしかおらんわ。それも殆どがわしらのような国外から派遣された隊じゃ」

「三十年、四十年前はもっと気骨のある奴が居った」

「統一戦争を経験した古強者やその教えを持った奴らは良かった。今の探索者は金や、権力に溺れすぎるわ」

「わしらも交代で派遣され、三十年しか経《た》っておらんだろうが。統一戦争を知る者からしたら、わしらもひよっこじゃ」

「ふん、煩いわ……さて、無駄口もここまでじゃのう。こんなところで長話が過ぎたわい。わしらは解体を済ませてから行く。ほれ、お前は先に進むがよい」

「そうだな。落ち着いてお喋《しゃべ》りするには、ここは忙し過ぎるな」

酒場であればウォルムも雄弁になるだろうが、ここは迷宮でも最下層に位置する。語らい親交を深めるにはそぐわない。

「はっ、言いおるわい。その武威を賞して忠告してやる。悪いことは言わん。三十五階層より先は諦めろ。ここは一種の限界点。迷宮の底は一人の手練《てだ》れでどうこうなる場所でもないわ。わしらでも帰りは考えられん。死地に飛び込むような気概を持つ仲間が居らんのなら無駄死にじゃ。蛮勇は勧められんぞ」

「忠告は感謝するが、生憎《あいにく》、出逢《であ》いに恵まれていない」

「ふん、見て分かるわ。腐らず、焦らぬことだな」

「……精進するさ」

言いたいことを言い終えたドワーフは、用は済んだとばかりに会話を打ち切る。例外と言えば作業に戻りながらも、ふわふわの獣耳を向けたままの獣人であった。これ以上の長居は無駄であろう。一人静かに大広間を後にしたウォルムは、先程の会話の内容を零《こぼ》す。

「腐らず、か」

仮令《たとえ》、心は腐らずとも眼は確実に腐り落ちていく。

「本当に、ままならない世界だな。ここは」

ウォルムの独白は、誰に聞かれることも無く消え去った。

◆

「一回目より、キツイとはな、はは、身体が動かない」

ウォルムは駄々を捏《こ》ねる幼児のように四肢を投げ出した。

石畳から伝わる冷気が籠もった熱を癒やしてくれる。息を吐きだすと、それまで抑え込んでいた疲労が一挙に噴き出す。二度目の三十五階層への到達であるが、ドワーフと遭遇した一度目よりもその道のりは険しく過酷と言えた。

「完全に魔力が底を突いた」

思い返せばドワーフによる魔物の誘引と殲滅《せんめつ》により、負担が軽減されていたのだろう。知らず知らずのうちに、ウォルムはお膳立てされていたのだ。疲労から来る数分間の無気力の末に、もたもたと背を起こす。

流石《さすが》に、このまま寝る訳にはいかない。道中で無数の魔物を相手取ってきた武具はあらゆる場所が汚れ、傷んでいる。手入れをしなければ劣化の一途を辿る。すっかりお気に入りとなったキラープラントの触手をもちゃもちゃとしゃぶり、気付け薬とする。

こびり付いた魔物由来の汚れを念入りに拭き取り、錆《さび》防止の油を薄く塗っていく。この加減を見誤れば、油は保護膜から打って変わって、埃《ほこり》や汚れを引き寄せる原因となってしまう。

丹念に作業を続け、一仕事を終えたウォルムは煙草《たばこ》に火をつけようとするが、魔力が空になっていることを気付かされる。当たり前となっていたが、魔力無しの身はなんと不便なことだろうか。

「久しぶりに、使うしかないな」

ウィラート不在時に世話になっていた火打ち石の存在が頭を過る。すっかり魔法袋の肥やしになっていた。本格的な焚《た》き火《び》ではない。要は火が点《つ》けばいいのだ。汚れと油を吸い取った布材は適切な着火剤を兼ねた燃料と言えた。麻布を短刀で解《ほぐ》して火口《ほくち》を作り、布地の中央部に小さな穴を開ける。そうして片方の火打ち石に麻布を被《かぶ》せ、穴の開いた箇所から表面を露出させた。

二つの火打ち石を擦り上げるように交差させる。鈍い音と共に火花が散る。数度繰り返し、油を吸った麻布に首尾良く火種は燃え移った。ウォルムは弱々しいそれを宝物のように両手で包み、息を吹きかけ十分に火を育む。

燃焼材が充填されていない煙草は何とも燃え難い。悪戦苦闘の末に、無事に火は燃え移りウォルムは肺腑《はいふ》いっぱいに煙を吸い込んだ。吹き出された白煙は行く当ても決めぬまま、虚空をゆらゆらと漂い消えていく。

「ふっ、っ、は、はぁ、慎《つつ》ましいな」

細火が灯《とも》る麻布を見つめ、唐突にダンジョンハイに陥った傭兵は一人笑い出す。

普段発現させる蒼炎の規模を考えれば、なんと矮小《わいしょう》であろうか。そんな火でも今のウォルムにとっては欠かせない灯火であった。とは言え、用が済めば無駄火だ。手のひらで炎上を続ける麻布を握り締めれば、緩火は霧散していく。

燃え残りと灰を打ち捨てたウォルムは、虚脱感に身を任せた。

「一人で、何やってんだか」

束《つか》の間《ま》の休息を楽しむウォルムであったが、手にした煙草を投げ捨て斧槍を掴み立ち上がる。疲《ひ》労困憊《ろうこんぱい》の身とはいえ足音は聞き逃さなかった。耳を澄ませるが、足音は何とも騒がしくわざとらしい。まるでこれから入室すると言わんばかりである。一部の冒険者は、マナーの一環として普段殺している足音をかち鳴らす。

この人を拒む三十五階層でも行っているとすれば随分と律儀な奴だろう。

人は時に見栄《みえ》を張らなければならない。全身を包む疲労がウォルムに抗議の声を上げるが、無視を決め込む。ゆっくりと扉が開き覗き見た顔は、迷宮の深層だというのに、なんと鮮やかな色を持つのだろうか。

「やぁ、また会ったね」

メリルの挨拶と共に、残るパーティーメンバーが休憩室に姿を現した。

「なんだ。今度はお前らか？」

ドワーフに続き三魔撃とは、随分と賑《にぎ》やかな連中ばかりが続く。

「随分と人聞きが悪いことを言うね」

憤慨するメリルに、ウォルムは素直に謝罪した。

「少しばかり、擦れていた。ファウストの件は感謝している」

「もう、最初からそう言ってくれればいいのに」

機嫌を持ち直したメリルは真っ直《ます》ぐにウォルムへと接近を果たす。似ても似つかない姿ではあるが、この探索者はドワーフの一種なのではと勘繰ってしまう遠慮と距離感の無さがあった。

「それで、用件はなんだ。交流でも深めに来たのか」

「まあ、遠からずと言ったところだね」

勿体《もったい》ぶった言い方であった。ウォルムはそんなメリル達を労《ねぎら》う。

「それはご苦労なことだ」

「ほんとだよ。ギルドでの軟禁明けで暫く大人しくしているのかと思ったら、直ぐに迷宮に潜り出す。単独で三十五階層まで到達しているし。僕も忙《せわ》しない奴とよく言われるけど、君はそれ以上だね」

「まあ、止まっていられない身の上だ」

「つまり、何かを求めて迷宮へ来た訳だ。そしてまだそれを手にしていない。ひょっとしてそれは三十五階層では得られぬものかい」

随分と踏み込んだ質問であった。答える気のないウォルムは即答を避ける。

「……さぁな、どうだろうな」

「まったく、君はじれったいなぁ」

からからと笑っていたメリルは、ウォルムを覗き込むように見据える。その顔付きは実に真剣であった。どうあってもはぐらかせる気はないらしい。

「探索者が求める物は様々だよね。溢《あふ》れんばかりの財産、万人に称賛される名誉、己の限界を超えた力。僕はどれでも肯定するよ。理由に貴賤《きせん》なんてないと思っている。この迷宮では皆、何かを得る為に等しく足掻《あが》き、手を伸ばし、命を掛けているんだ。それに優劣を付けるなんて、つまらないよ。……それで、ウォルム。君は迷宮で何を求める。願うものは？」

「……奇特な奴だな。それを俺に聞いて何になる」

「それは――」

張り詰めた空気は一瞬にして崩れた。真剣な顔付きのメリルが額を押さえ、ウォルムでさえも露骨に顔を顰《しか》める。野太い声に、特徴的な喋り方。騒がしさは入室時の配慮ではなく、性分から来るものだ。

「今日は随分と人がおるのう‼」

「三魔撃と新顔の傭兵じゃ」

「なんじゃ、おぬしら揉め事か？」

「そりゃいい見世物じゃ」

「おう、見届けてやるからやれ、やれ‼　武器は無しだぞ」

騒音と共に現れたのは森林同盟から派遣されたドワーフの隊であった。彼らに慎ましく、静かに生きろというのは無理があり、ゴブリンに学術を教え込むほどに困難であろう。

「取り込み中だから、みんなあんまり騒いじゃ……はぁっ」

唯一の例外と言えば、申し訳なさそうに獣耳と尾を下げる獣人ぐらいなものであった。大声の渦に飲まれ、か細い声はすっかり掻《か》き消《け》されている。初対面では剝《む》き出《だ》しの警戒を隠そうともしなかった獣人であるが、その不憫《ふびん》さにウォルムは同情を覚えてしまう。

「もう空気ぐらい読んでくれないかな。楽しいお喋りの途中だよ」

ご立腹のメリルはドワーフを恨めし気に睨《にら》む。

「はぁ、なんじゃ、つまらん」

「しらけたわい」

「仕方がないのう。飯にでもするか」

「酒じゃ、酒をはよう出せ」

ウォルムたちに対する興味が失《う》せたドワーフは、驚くべき変わり身の速さで意識を食事へと切り替えた。早い者では既に腰を落ち着かせ、硬焼きパンをそのまま食い千切り、ラム酒を瓶ごと呷《あお》る。オークの燻製《くんせい》肉を呑み込んだドワーフ達は思い出したとばかりに叫ぶ。

「そんなにじろじろ見てどうした」

「なんじゃ腹でも減っておるのか。おぬしらも交ざるか？」

「酒はやらんぞ」

「ははっ、僕《ぼく》達とウォルムは遠慮しておくよ」

まるで酒場の一角のような光景。ペースを乱され、おかしいのは己かと自問自答するウォルムであったが、三魔撃が断りを入れたことで自我を取り戻す。

「それで、話の続きはどうする」

「……興が削がれたね。場所を地上に変えよう、食事ぐらいは馳走《ちそう》するさ。君の答えが知りたい」

◆

大通りから一本外れた通りに、その店は存在していた。

ウォルムが知るような大衆酒場とは異なり、石造りの頑強な建物だ。店内を覗けばその特性も理解できる。分厚い外壁と内壁で区切られた部屋は、密談や商談と言った重要な場を意図して作られていた。

斧槍を壁際に立てかけ、ウォルムは席に着く。距離を空けようとするウォルムと正反対に、メリルは前のめりで語り始めた。

「来てくれて嬉《うれ》しいよ。まずは全員で世間話や生い立ちでも話して親睦を深めたいところだけど、君には率直に話した方が早そうだ」

一呼吸置いたメリルは言葉を続ける。

「僕は城壁都市の出身だ。生活するには困らず、貧困とも縁がなかった。とは言え、継ぐ家も無く、稼ぐ手段も限られる。迷宮に潜り出したのは生活費を稼ぐ為だった。面白味の無い人間だろ」

よくある話であろう。半強制の有無、それぞれの事情はあるものの、ウォルムは戦場で、メリルは迷宮で生活の糧を得ただけの違いだった。

「そんな僕でも階層を深めて、今の仲間と出会ううちに欲が出てきた。探求心とも言うのかな。好奇心かもしれない。僕達は制覇者を本気で目指している。富や名声には何の興味もないと言えば嘘《うそ》になるけど、根源は迷宮の底、それが今の僕の夢さ。笑うかい？」

苦笑を浮かべるメリルではあったが、その眼は笑っていない。横に控えるパーティーメンバーも同様であった。

「夢や希望、目標も無しじゃ、人は生きているとは言い難いだろう。そうでなければ死んでいるか、生きているかも分からなくなる」

息をしているだけで生きていると言い張るのは、人としてはあまりに救いがないだろう。大暴走で全てを失い、酒精に溺れた日々を過ごしたウォルムには、人の夢や希望を笑い飛ばすことなどできなかった。

「重みがあるね……僕達はウォルムの募集を見て、声を掛けたんだ。多くのパーティーが様子見や二の足を踏んでいる。でも時間が経てば君の価値を認めざるを得ない。不謹慎かもしれないけど幸運だった。ファウストが代価を払い、君の実力を表に引《ひ》き摺《ず》り出《だ》してくれた。僕は君をパーティーに迎えたいと思っている。でもその前に、君の根源が知りたい。ウォルム、迷宮で何を求めて、何を願う」

事情を説明すれば長くなるだろう。聞くよりも見せる方が早い。ウォルムは行動に出る前に呼び掛けた。

「……そうだな、百聞は一見に如かずとも言うか。今から魔力を流すが、敵意はない」

魔力を流した眼は変貌を遂げ、ウォルムの瞳に映る世界は変わりゆく。《鬼火》の併用時に比べれば微弱ではあるが、刺すような痛みと熱が走る。

「その眼、魔眼か」

それまで口を閉ざしていたハリと呼ばれる武僧が言葉を漏らした。ウォルムは肯定の意味を込めて頷く。

「俺は大暴走で滅びたハイセルク帝国の敗残兵だ。両目を戦闘の中で失い、また戦う為に大鬼王《オーガロード》の眼を移植した」

十分に確認は済んだであろうとウォルムは眼への魔力供給を断つ。元の眼に戻ってもその影響は残っている。痛みの波が引くまでゆっくりと目蓋《まぶた》を閉じ、そして開いた。

「この眼は遠くない将来、腐《くさ》り墜《お》ちる。魔力を流している間、眼は熱を持ち溶けようとしている。完治させるには、迷宮の最深部のみに咲くと言われる真紅草が必要だ。それが俺が求め、願うものだ」

「ウォルムが求める物はよく分かったよ」

「格好をつけたが、所詮は自己保身だ」

「僕の夢も大層なものじゃないさ。それでウォルム、僕のパーティーに加入する気はあるかい」

人脈を持たず、時間も限られるウォルムにとっては、迷宮都市ベルガナで名を馳《は》せる三魔撃パーティーへの加入は最善であろう。

「ああ、共に迷宮を制覇したい」

「よし決まりだね。それじゃ加入の祝杯でも――」

「ちょっと、メリル!? 細かい条件とか、まだ話してないじゃない!! あんたもあんたよ。傭兵してたならもっと条件に厳しくなりなさい」

いそいそと酒の準備を進めるメリルをマリアンテと呼ばれる冒険者が制した。事はあっさりと決まったが、パーティーメンバーが増えるというのは、そう簡単なことではない。それに即答したウォルムも返す言葉がなかった。

「時には勢いが大切だよ」

「その我が道を行く姿勢、あんたらドワーフを笑えないわよ」

言葉こそまだ幾らも交わしていないが、マリアンテがパーティー内でも調整と苦労役なのは薄々ウォルムにも伝わる。

「落ち着けマリアンテ。細かい条件はこれから煮詰めるとして、まずは仲間の歓迎も大事であろう」

ハリがマリアンテを宥《なだ》めるように言った。武僧としての修行の賜物《たまもの》か、その態度は動じずに落ち着き払っている。

「……ハリ、ウォルムの眼が気に入っただけでしょう。あんたの眼に対する嗜好《しこう》は、変態的だからね」

「うぅ、僕の眼が綺麗だとあんなに褒めてくれたのに、会ったばかりの男に目移りするのかい」

メリルは悲しみに耐えられないとばかりに顔を歪《ゆが》めた。その動きは酷く芝居がかっており、ウォルムは状況を呑み込め切れずに、ただただ困惑する。

「そうではない。そうではないぞッ。紅玉のように燃ゆる赤、瑞々《みずみず》しく生命が宿る緑、そんな両眼の魅力は、薄れぬことなどなく不変だ。だが、だがな、その金色だというのに、暗く濁ったように見えるウォルムの魔眼は――堪《たま》らなく唆《そそ》られる」

「っう――!?」

悪寒が走った。

なんだというのだ。もはや言い訳にもなっていない。だらしなく口元は歪み、ハリの視線は、確実にウォルムの眼を捉えて離さない。無骨で飾り気のない質素な服装、その過酷な修行が垣間見《かいまみ》える鍛え上げられた肉体から、ウォルムは彼が常識人であろうと疑っていなかった。だというのにハリの実態は、メリルを上回る変人ぶりであった。

「やめなさいよ、ハリ!!　ほら、逃げられちゃうじゃない」

鳥肌が立ち、毛が逆立ったウォルムは腰を浮かせようとするが、正面からするりと伸びた腕により強制的に着席を促される。その手はメリルの物であった。若くして二つ名を持つだけあり実に俊敏だ。何処に手を置けば力が抜けるかも把握している。

「駄目じゃないか、祝いの席の主役が何処に行くんだい」

捕食者の目であった。ウォルムは一縷《いちる》の望みをかけて、残るパーティーメンバーであり、ユナと呼ばれる射手に救いを求めた。どういう訳か虚空を見つめていた彼女は、ウォルムの声無き呼び声に気付き、旅立ちから帰還する。

「……ウォルムもお腹空《なかす》いたみたいだし、始めよ?」

そうではない、そうではないのだとウォルムは内心で慟哭《どうこく》を上げた。このパーティーへの加入は本当に正しかったのかと、強烈な不安に苛《さいな》まれる。ファウストと対峙《たいじ》したあの毅然《きぜん》とした態度はなんだったのか。酷い欺瞞《ぎまん》だ。

「そうだね。始めようか。ようこそウォルム、三魔撃のパーティーへ」

傭兵の肩に手を食い込ませたまま、メリルは満面の笑みで新たな被害者を歓迎していた。だから冒険者は嫌いなのだ。ウォルムの嘆きは誰にも届くことなく消えていった。

◆書き下ろし短編　とある冒険者の日常

昼下がりの柔らかい陽射《ひざ》しが辺り一面に降り注ぐ。外気に汗ばむほどの熱さはなく、眠気を誘うような優しさを帯びていた。迷宮都市ベルガナにおいて、三魔撃と大層な二つ名で呼ばれるメリルであったが、所詮は人の身に過ぎない。陽の届かぬ迷宮にばかり潜っていると、太陽が少しばかり恋しくもなる。

「夜の冷えた空気も好きだけど、やっぱり暖かな日差しはいいものだね」

寒色の前髪越しに陽光が煌《きら》めく。眩《まぶ》しさに目を細めたメリルは、両手を組みぐっと身体《からだ》を伸ばす。緊張を強いられていた筋肉が心地よい痛みで引っ張られ、呼気と共に全身を脱力させた。

「うーん、まだ早朝だと思ったんだけどなぁ」

「もう、昼過ぎ。ご飯食べなきゃ」

地下をふらつき時間感覚がずれてしまったマリアンテは、腑《ふ》に落《お》ちないと首を傾《かし》げる。その後ろでは、昼飯を食べそびれてしまったユナが嘆く。

「昼は何時《いつ》もの店か?」

パーティーの意を汲《く》んだハリが食事を提案すれば、こくこくと射手は頷《うなず》く。

「そうだね。反省会も兼ねようか」

三十五階層帰りで、魔力と体力を激しく消耗した三魔撃のパーティーであったが、昼食という寄り道をする余力は残されていた。命を投げ出したところで深層に届かぬ冒険者が知れば、その余裕に羨望も嫉妬もしただろう。だが当のメリルは、何処《どこ》か満ち足りていない。

足りぬものは何かと思案しながらも、身体は無意識に同業者達《たち》を避ける。そんな彼らに近づいた拍子であった。世間話が自然と耳に届く。

「それ、柄を短くして正解だったな」

「ああ、壁や人に引っ掛かったり長過ぎた」

「間合いは遠い方が気楽なんだがなぁ」

「ま、狭い空間じゃ相性が悪いさ」

閉所に於《お》けるポールウェポンの戦法についての議論であった。切磋琢磨《せっさたくま》する心意気は実に好ましい。その後も幾つかのグループの会話が雑踏に紛れ、三魔撃の元へと流れてくる。

「見ろよ。腰のベルトを新調したんだ」

「古いのはどうした。洒落《しゃれ》てて気に入ってたじゃないか」

「派手さは良《い》いが、動くと装備品が揺れて邪魔だった」

「新顔はどうだ。使い物になるのか」

「あいつらか。悪い意味で表層に慣れすぎだ。パターンやルーティンには強いんだが」

彼らは新調した武具、加入した新人など、様々な話題で会話に花を咲かす。そんなやり取りを横目にメリルは一人呟《つぶや》く。

「みんな変化を恐れていないや。やっぱり冒険者は停滞に甘んじず変化していくものだよね」

うんうん、とメリルは一人頷く。

擦れ違った多くのパーティーは五人組であった。収集物の割り当てや各種の手間を減らす為《ため》に、五人未満という編成も珍しくはない。それでもより深く、それこそ底を目指すのであれば五人は必要だろう。停滞に甘んじれば衰退を招く。道中の話題も尽きる頃だ。ちょうど良いだろう。メリルは軽い調子で仲間達へと投げ掛ける。

「五人目って、どんな人が良いかな」

雑談程度のつもりであったが、面々は思いのほか考え込んでしまう。こつこつと半長靴が規則正しく石畳を叩《たた》く音だけが続く。そんな熟考による沈黙をいち早く抜け出したのは、ハリであった。

「うむ、そうだな。拙僧の意見ではあるが」

年長者であり、修行で各地を旅した武僧はやはり頼りになる。内心で称賛した三魔撃であったが、続いて紡がれた言葉に浅はかであったとため息を吐く。

「やはり、人物というのは、眼《め》に現れ――」

「だぁーっ、あんたも、ぶれないわね」

眼に執着するハリのことだ。話し出せば長くなる。これまでの実体験で被害を受けていたマリアンテが、強制的に会話を中断させた。

「ぬうぅ、良いところで邪魔立てを。そういうマリアンテはどうなのだ」

ハリは不満気に呻《うめ》き、性癖語りを遮られた相手に代替を求める。

「あたし？　そうねぇ。実力があって、常識的な人なら誰でもいいわよ」

「ほう、迷宮の底を目指す常識人か。面白い」

奇妙な沈黙が場を支配する。一見すれば緩い要項であるが、その内実は無理難題であった。身近な参考例として、三魔撃は同じく三十五階層を出入りするドワーフ達の姿が浮かべる。

賑《にぎ》やかで愉快な人達ではあるが、セーフルームでは大声で宴会を始め、酒精を漂わせて迷宮を彷徨《さまよ》う。常識的かと問われれば疑問符が付く。例外と言えば彼らに常日頃から振り回され、立派な耳を下げっぱなしの獣人ぐらいなものである。

実力者ではあるが、同時に賑やかし代表であるドワーフを選択肢から取り除いたとする。残るは傲慢な共和国の探索隊、経歴が綺麗《きれい》過ぎて逆に胡散臭《うさんくさ》さが漂うファウストのパーティー、残りも主義や思想が尖《とが》りに尖っている方々ばかりであった。

「……あたしが言っておいて、あれだけど、望み薄ね。ユナはどうなのよ」

「うーん、調整役？」

普段は心ここに在らずといった射手であったが、ここぞという時には的を射た発言をする。

「意外に妥当なこと言うわね。あたし達、構成も、人柄も、尖ってるからね」

「加えて求められるのは、底までの継戦能力であろう、な」

ぬっとメリルとマリアンテの隙間から顔を出したのは、自分の世界に入り浸っていた武僧であった。どうやら正気を取り戻したらしい。

「ハリまで急に真面《まとも》なことを言わないでよ。まあ、でもそうね」

「ギルド経由で募集する？」

「即戦力が釣れるとは思えん。後は既存のパーティーから引き抜くか」

「何処かのパーティーから引き抜くのは僕好みじゃないかな」

「やはり、五人目であるからな。慎重にせざるを得ぬ」

ああだ、こうだと議論を交わすメリルとハリであったが、マリアンテが横から苦言を呈す。

「あんたら、好みが極端に狭いのよ。そんなんだから何時までも四人なの。タイプじゃない相手でも付き合ってみれば、案外上手《うま》くいくかもしれないでしょ」

実に耳が痛い。好みに煩《うるさ》い自覚のあるメリルとハリは沈黙した。唯一、言葉を続けたのはユナだけであった。

「……それって、マリの恋愛観？」

迷宮では矢を外さぬ射手も、地上では的を外すらしい。顔を赤くしたマリアンテが罵声を放つ。

「う、うっさいわね!!!」

照れ隠しで叫ぶ様子は手練《てだ》れの冒険者ではなく、歳《とし》相応の女性であった。揶揄《からか》いの言葉が浮かんでうずうずするが、下手に口を出せば飛び火しかねない。好奇心の塊であるメリルとて、時には自制を選ぶ。

「ほら、着いたわよ。早く入りましょ」

目的の店前に辿《たど》り着《つ》いたこともあり、追加メンバーについての話は自然と中断された。五人目への漠然とした想像を抱えたまま、三魔撃の日常は過ぎていく。

事態が急変したのは、とある日、中層に位置する二十階層のセーフルームを抜ける時であった。緑と赤からなる鮮やかな両眼は、身を休める冒険者達の中に異質な存在を捉えた。釘付《くぎづ》けになりそうになる視線を正す。そうして動揺を悟られぬよう自然体を努め、部屋を通り抜ける。次層への階段を下る中でメリルは喜々として問う。

「ハリ、気付いた？」

「うむ、凄《すさ》まじいな。ぞくぞくするぞ」

普段から声を荒らげぬハリは甚《いた》く興奮した様子で頷く。置いてけぼりのマリアンテが不思議そうに会話の輪に加わった。

「急にどうしたの」

「先程の階層に、単独の武芸者が居たのは覚えているか。右上の端だ」

「あー、うーん。確かに一人だったかも……って、中層に単独で来てるの？　どんな物好きよ」

少しの間を置き、記憶を探ったマリアンテもその異常性に気付いた。

「身に纏《まと》う殺気、実戦で研磨された立ち振る舞い。どれほどの修羅場を潜ってきたのか、検討も付かぬ」

「防具の傷、凄《すご》かったね」

メリルと異なり好奇心が控えめのユナも、珍しく人に興味を示す。

「矢傷、刺創、魔創と様々。あれだけ使い込まれているのに四肢の欠損や目立った怪我《けが》もなし」

「その感じだと、魔物相手って訳じゃなさそうね。あっ、そう言えば最近、単身で迷宮に潜ってる傭兵《ようへい》が居るって聞いたけど、あの人のことかも」

「そうなんだ。僕は全然知らなかったよ。ハリは何か知ってるかい」

「拙僧も、噂話《うわさばなし》には疎い。だが、興味は尽きぬな」

傭兵と目される男の素性を探るメリルであったが、空振りに終わる。そんな様子に何かを察したのだろう。マリアンテが慌てて確認を取る。

「まさかあんたら、あの傭兵が気になるって言うんじゃないでしょうね」

「気にならないと言ったら、嘘《うそ》になるね」

防具から読み取れる戦歴に加え、単独で二十階層に辿り着く技量を持つ者だ。仲間を作らず潜るとは、何を求めて迷宮にやってきたのか、持ち前の好奇心が疼《うず》いてしまう。男に心奪われたのはハリも同様であった。尤《もっと》も惹《ひ》かれた理由は全く別であったが。

「あの眼はッ、とてもいいぞォぉ!! 少しばかり暗いが、樹木の年輪のように人生経験を刻んだ眼だ。拙僧が守門を務めていた教会の司祭様が、似た眼をしていたものだ。嗚呼《ああ》、あの陰と深みのある眼差《まなざ》し、何事にも動じない瞳はまるで、何百年も生きた大樹のようであったッ」

「あ、やば」

「ちょ、まっ――」

パーティーの誰しもが不味《まず》いと身構えたが手遅れであった。はち切れんばかりに僧帽筋を隆起させ、己の腕を激しく抱いた武僧は、恍惚《こうこつ》とした表情で語り出す。

三魔撃と呼ばれるメリルですら、その鬼気迫る熱弁を中断させられなかった。決壊した河川のように歌い上げられる讃美歌《さんびか》は止《とど》まることを知らない。

「ふぅ、ふぅーっ!! おぉ、今でも思い出す。あれは捕縛した盗人《ぬすっと》の眼を一晩覗《のぞ》き込《こ》んでいた時であった。朝を迎え、拙僧は執務室に監視の報告に赴いた。仔細《しさい》を語るうちに司祭様の巌《いわお》のように不動で、麦穂のように優し気なあの眼が、どうにも困ったように細められたのだ。何か至らぬことがあったのだろう。なんたる不覚、己の不甲斐《ふがい》なさに身が震えたよ。そして恥ずかしくも、自分だけが知るあの眼に、どうしようもない喜びを感じてしまったのだ」

「……ハリ、悪趣味」

「なんで、罪人の眼を一晩中覗き込んでんのよ」

知りたくもない告白に面々がげんなりする中で、メリルは武僧が諸国を行脚していた理由を悟った。

「うーん、司祭様に外で見聞を広げるように言われたのは何時頃かな」

「行脚を勧められたのは、それから間もなくであったな」

推理など必要ない。簡単な答え合わせであった。

「まぁ納得ね」

「余罪、ありそう」

罪人は因果応報だとしても、奇行を聞かされた司祭様の苦悩にメリルは深い共感と同情を抱いてしまう。きっと訪れた試練に恐怖していたであろう。

「全く、話が逸《そ》れてしまったね」

大事な話をしていたというのに、少々好みが変わったハリのせいで、すっかり空気が弛緩《しかん》していた。仕切り直そうにも既に階段は途切れ、次階層へと到達している。

魔物を片手間に処理し、雑談に興じるのは可能であったが、手抜きをするほどメリルは不真面目でも自信家でもない。中層以降では、やり手の冒険者ですら一つの失敗で迷宮に飲まれてしまう。

「この話は、地上に帰ってからにしよう」

一時は緩んだとしても迷宮での修羅場を潜った面々だ。三魔撃が号令を下せば、全員の変わり身は早かった。隊列を整え、それぞれの役割を全うする。ここに五人目が加われば、どう変化していくのか。

「彼は、なんて名前なんだろうか」

小さな独り言と共に、疼く好奇心に蓋をしたメリルは迷宮へと向き合った。

迷宮への挑戦と並行して、意中の人物である傭兵の素性を冒険者やギルド職員に探っていた三魔撃であったが、大きな間違いであったと嘆く。

「ははっ、はぁ……困ったね。迷宮の中で同業者に殺されかけたのに、もう二度も潜ってるなんて。僕《ぼく》達はマイペース過ぎたのかな？」

「もーっ!!　笑ってる場合じゃないでしょ。あんたらがウォルムとかいう傭兵が良いって言うんだから、先に約束くらい取り付けておけばよかったのに」

「ラッファエーレ副支部長が直《す》ぐに接触を許してくれたらよかったんだけど。まあ、事情も理解はできるからね」

ギルドで教導役すら務めたファウストが人狩りの首謀者だったのだ。他の内通者や実行役が複数居ても不思議ではない。ベルガナ支部のギルド幹部は迷宮の所有権を持つ侯爵家への釈明を始め、職員や冒険者への聞き取り、ファウストの捜索を並行して熟《こな》さなければならない。その間、当事者である傭兵は勿論《もちろん》、目撃者であるメリルでさえ、自由な行動が取れなかった。

持ちつ持たれつの関係とは言え、冒険者はギルドの所有物ではない。過保護も大概にして欲しいものである。

「どの辺かな」

ユナが首を傾げて言った。

「あの技量だ。今頃、中層あたりであろうな」

五対一の死闘の末に、ベルガナでも最高峰に位置する冒険者二人を返り討ちにし、敗走させたのだ。ウォルムの持つ力量は露《あらわ》になっている。間違いなく、単独でも階層を深めているだろう。

「どうするのよ。何処のパーティーも、あの傭兵に夢中になってるじゃない。このままじゃ横取りされるわよ」

一人歩きした噂が謂《いわ》れのない悪名となっているが、迷宮の底に焦がれる冒険者がその程度のリスクで放っておく訳はない。寧《むし》ろ清濁併《あわ》せ呑《の》んでこそ、制覇者に相応《ふさわ》しいと一部の迷宮狂い達は笑い飛ばすだろう。悠長に下調べなどしていないで、唾を付けておくべきであった。

「こうなったら仕方ない。正攻法といこう」

「名案があるの？」

秘策に期待を寄せたユナは、三魔撃に尊敬の眼差しを向けた。メリルは期待に応えるべく芝居がかった大げさな振る舞いで宣《のたま》う。

「僕達は冒険者だ。そして目指す人物は迷宮に居る。答えは一つじゃないか」

ユナはぴしりと固まり、マリアンテは頭を押さえる。言わんとすることを、ハリは確認を兼ねて口にした。

「つまりそれは、何時も通り迷宮に潜るということだな」

「今度こそ入れ違いにならないように、リージィに言付けは頼むけどね。駄目かな」

メリルとて無理を言っているのは自覚している。広大な迷宮で人を捜すなど暗中模索もいいところであった。

「まー、そうなると。消耗品を急いで買わないとね」

「矢も、使っちゃってない」

反対意見やお叱りの言葉を覚悟したメリルであったが、仲間達は苦言の一つも漏らさず準備の段取りを始めてくれた。その頼もしさに頬が緩む。彼らが居てこそ、メリルは三魔撃と呼ばれるまでになったのだ。

「皆ありがとう……。全く迷宮は、何時だって僕が欲しいものを持っているね」

他の冒険者との競争になるだろう。先を越されるのではと焦燥感もある。でもそれ以上に、パーティーに最後の欠片《かけら》が揃《そろ》うかもしれないという期待で、どうしようもなく心が浮つく。プレゼントを待つ無邪気な少年のように、メリルは微笑《ほほえ》んだ。

Kラノベブックス

濁《にご》る瞳《ひとみ》で何《なに》を願《ねが》うⅣ
ハイセルク戦記《せんき》

トルトネン

2024年7月31日第1刷発行

発行者	森田浩章
発行所	株式会社 講談社 〒112-8001　東京都文京区音羽2-12-21
電　話	出版　(03)5395-3715 販売　(03)5395-3605 業務　(03)5395-3603
デザイン	AFTERGLOW
本文データ制作	講談社デジタル製作
印刷所	株式会社KPSプロダクツ
製本所	株式会社フォーネット社

KODANSHA

ISBN978-4-06-536695-0　N.D.C.913　243p　19cm
定価はカバーに表示してあります

ファンレター、
作品のご感想を
お待ちしています。

あて先
〒112-8001　東京都文京区音羽2-12-21
(株) 講談社　ライトノベル出版部 気付
「トルトネン先生」係
「創-taro先生」係

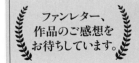